聊斋志异 瓜棚下的怪谭

周学武 编著

江苏凤凰文艺出版社
JIANGSU PHOENIX LITERATURE AND ART PUBLISHING

图书在版编目（CIP）数据

聊斋志异：瓜棚下的怪谭 / 周学武编著. -- 南京：江苏凤凰文艺出版社，2024. 6. -- ISBN 978-7-5594-8798-8

Ⅰ．I242.1

中国国家版本馆CIP数据核字第2024ZF3005号

著作权合同登记号：10-2024-109

版权所有 © 时报文化出版公司
本书版权经由时报文化出版公司授权北京时代华语国际传媒股份有限公司简体中文版，委托英商安德鲁纳伯格联合国际有限公司代理授权。非经书面同意，不得以任何形式任意重制、转载。

聊斋志异：瓜棚下的怪谭

周学武　编著

责任编辑	项雷达
图书策划	宁炳辉　薛纪雨
特约策划	唐鲁利
特约编辑	吕新月
装帧设计	时代华语设计组
出版发行	江苏凤凰文艺出版社
	南京市中央路165号，邮编：210009
网　　址	http://www.jswenyi.com
印　　刷	唐山富达印务有限公司
开　　本	880毫米×1230毫米　1/32
印　　张	5.75
字　　数	180千字
版　　次	2024年6月第1版
印　　次	2024年6月第1次印刷
书　　号	ISBN 978-7-5594-8798-8
定　　价	58.00元

江苏凤凰文艺版图书凡印刷、装订错误，可向出版社调换，联系电话025-83280257

总序
用经典滋养灵魂

龚鹏程

每个民族都有它自己的经典。经,指其所载之内容足以作为后世的纲维;典,谓其可为典范。因此它常被视为一切知识、价值观、世界观的依据或来源。早期只典守在神巫和大僚手上,后来则成为该民族累世传习、讽诵不辍的基本典籍,或称核心典籍,甚至是"圣书"。

中国文化总体上的经典是六经:《诗》《书》《礼》《乐》《易》《春秋》。依此而发展出来的各个学门或学派,另有其专业上的经典,如墨家有其《墨经》。老子后学也将其书视为经,战国时便开始有人替它作传、作解。兵家则有其《武经七书》。算家亦有《周髀算经》等所谓《算经十书》。流衍所及,竟至喝酒有《酒经》,饮茶有《茶经》,下棋有《弈经》,相鹤相马相牛亦皆有经。此类支流稗末,固然不能与六经相比肩,但它们代表了在各自那一个领域中的核心知识地位,是很显然的。

我国历代教育和社会文化,就是以六经为基础来发展的。直到清末废科举、立学堂以后才产生剧变。但当时新设的学堂虽仿洋制,却仍保留了读经课程,以示根本未隳。辛亥革命后,蔡元培担任教育总长才开始废除读经。接着,他主持北京大学时出现的新文化运动更进一步发起对传统文化的攻击。趋势竟由废弃文言,提倡白话文学,一直走到深入的反传统中去。

台湾的教育发展和社会文化意识,其实也一直以延续五四精神自居,故其反传统气氛及其体现于教育结构中者,与大陆不过程度略异而已,仅是社会中还遗存着若干传统社会的礼俗及观念罢了。后来,台湾才惕然警醒,开始提倡"文化复兴运动",在学校课程中增加了经典的内容。但不叫读经,乃是摘选"四书"为《中国文化基本教材》,以为补充。另成立"文化复兴委员会",开始做经典的白话注释,向社会推广。

文化复兴运动之功过,诚乎难言,此处也不必细说,总之是虽调整了西化的方向及反传统的势能,但对社会民众的文化意识,还没能起到普遍警醒的作用;了解传统、阅读经典,也还没成为风气或行动。

20世纪70年代后期,高信疆、柯元馨夫妇接掌了当时台湾第一大报《中国时报》的副刊与出版社编务,针对这个现象,遂策划了《中国历代经典宝库》这一大套书。精选影响人们最为深远的典籍,包括了六经及诸子、文艺各领域的经典,遍邀名家为之疏解,并附录原文以供参照,一时社会震动,风气丕变。

其所以震动社会,原因一是典籍选得精切。不蔓不枝,能体现传统文化的基本匡廓。二是体例确实。经典篇幅广狭不一、深浅悬隔,如《资治通鉴》那么庞大,《尚书》那么深奥,它们跟小说戏曲是截然不同的。如何在一套书里,用类似的体例来处理,很可以看出编辑人的功力。三是作者群涵盖了几乎全台湾的学术精英,群策群力,全面动员。这也是过去所没有的。四是编审严格。大部丛书,作者庞杂,集稿统稿就十分重要,否则便会出现良莠不齐之现象。这套书虽广征名家撰作，但在审定正讹、统一文字风格方面，确乎花了极大气力。再加上撰稿人都把这套书当成是写给自己子弟看的传家宝，写得特别矜慎，成绩当然非其他的书所能比。五是当时高信疆夫妇利用报社传播之便，将出版与报纸媒体做了最好、最彻底的结合，使得这套书成了家喻户晓、众所翘盼的文化甘霖，人人都想一沾法雨。六是当时出版采用豪华的小牛皮烫金装帧，精美大方，辅以雕花木柜。虽所费不赀，却是经济刚刚腾飞时一个中产家庭最好的文化陈设，书香家庭的想象，由此开始落实。许多家庭乃因买进这套书，仿佛种下了诗礼传家的根。

高先生综理编务，辅佐实际的是周安托兄。两君都是诗人，且侠情肝胆照人。中华文化复起、国魂再振、民气方舒，则是他们的理想，因此编这套书，似乎就是一场织梦之旅，号称传承经典，实则意拟宏开未来。

我很幸运，也曾参与到这一场歌唱青春的行列中，去贡献微末。先是与林明峪共同参与黄庆萱老师改写《西游记》的工作，继而再协助安托统稿，推敲是非，斟酌文辞。对整套书说不上有什么助益，自己倒是收获良多。

书成之后，好评如潮，数十年来一再改版翻印，直到现在。经典常读常新，当时对经典的现代解读目前也仍未过时，依旧在散光发热，滋养民族新一代的灵魂。只不过光阴毕竟可畏，安托与信疆俱已逝去，来不及看到他们播下的种子继续发芽生长了。

当年参与这套书的人很多，我仅是其中一员小将。聊述战场，回思天宝，所见不过如此，其实说不清楚它的实况。但这个小侧写，或许有助于今日阅读这套书的读者理解该书的价值与出版经纬，是为序。

致读者书

周学武

亲爱的朋友：

在没有接触本书之前，也许你们已经看过或听过《聊斋志异》中的故事了。因为在中国的旧小说中，除了长篇的《红楼梦》以外，这部书也算流行得最为广泛了。

《聊斋志异》的作者蒲松龄先生（1640—1715），是一位伟大的文学家，同时也是一位关心社会的学者。他的著作除了小说、俗曲、鼓词和一些诗文之外，还有《农桑经》《省身语录》《怀刑录》《历字文》《日用俗字》……可惜有些东西已经失传了。不过，真正使他在文学和知识界享有盛名的，还是他的两部小说——《醒世姻缘传》和《聊斋志异》。前者是一部长篇的白话小说，在文字的运用、人物的描绘、情节的安排、心理的刻画诸方面，都有卓越的成就。后者则是纯粹用文言文写的，总共集合了四百三十一个短篇小说、寓言、故事和异闻。它在艺术上的成就，一如《醒世姻缘传》。关于这一方面，有待各位去欣赏、体认，我想不必进一步地叙说。

在这里，特别跟各位一提的是它的内容方面。我们知道：这部书既然名叫"志异"，它里面所记载的，自然是不同寻常的事物。所以书中有关鬼狐神怪的故事，几乎占了全部的篇幅。那些鬼狐神怪，透过作者惊人的文学素养，一一地予以人格化，使他们与人类具有同样的思想、情感和个性。作者也借着他们的形象，忠实地反映了那个时代和社会；借着他们的口吻，婉转地表达了他对人生的憧憬和关注。因此，我们在阅读这部文学作品的时候，不仅不能为它的奇异色彩所迷惑，而且要把它当作一本哲学书、历史书乃至于社会学的书来看。

蒲松龄对于人情世态，能够做深入的观察和描写，是由于他那平实的生活背景。在封建统治下，这位别号柳泉居士的蒲留仙，虽然也考中了秀才，参加过几次举人的考试，但是一直到晚年才举了岁贡。所以他的大部分岁月，都是在农村里度过的，这使他有机会接触到农村社会中的事事物物。鬼狐神怪原来是农村社会的共同信仰，他便把自己日常所听到的种种故事，运用丰富的想象，在他的《聊斋》里渲染成篇，久而久之，竟积成了这一部家喻户晓的作品。

《聊斋志异》中的各篇，虽然多半是小说的形式，但是由于文字的古奥淳雅，所以过去很多知识分子都是把它当作古文范本来看的，甚至有人把它和《左传》《国语》《史记》《汉书》相提并论。可惜在这里，我们为了使它与经典宝库中的其他作品体例一致，只以白话改写了它的内容，而无法将它所有的原作刊出来做一个对照。而事实上，本书的若干文字和情节，为了适应实际上的需要，也经过了少许的增删，并不是逐字逐句翻译的。各位看过了之后，必然会了解到这一点。

最后，我谨以白话翻译清人冯镇峦先生的一段话送给各位，作为这封信的结尾：

张安溪曾经说：《聊斋》这一本书，会读它，能使人胆壮；不会读它，能使人入魔。我认为只拘泥它所记载的事迹，便会使人入魔；能领会它所涵容的精神，就能使人胆壮。我们只要能认识它文章的美妙，洞察它含义的深微，体受它性情的纯正，服膺它议论的公允，那么它实在是变化我们气质、陶冶我们心术的第一好书。

目录

前言 /01
蒲松龄和《聊斋志异》 /02

聊斋故事
　　壁上的美人 /003
　　渔夫和水鬼 /006
　　道士种梨 /011
　　王七学道 /012
　　长清高僧 /016
　　人蛇之间 /018
　　找回来的心 /021
　　荒寺女鬼 /026
　　张氏兄弟 /028
　　口技 /034
　　柳家的盛衰 /036
　　山中仙缘 /044
　　稚子的灵魂 /048
　　诙谐的狐狸 /054
　　狐仙的教训 /058

目录

曾孝廉的梦 / 059

冬天的荷花 / 066

赵城义虎 / 069

李超的武艺 / 072

石武举之死 / 074

大力将军 / 078

秀才和进士 / 080

老屋里的故事 / 084

少年与白鸽 / 093

瘟神 / 096

真假情人 / 098

张鸿渐的遭遇 / 105

化狐 / 114

贾奉雉成仙 / 116

黑色的指印 / 123

黄英 / 127

清虚奇石 / 133

医生和老虎 / 138

附录　原典精选 / 143

前　言

一、本书各篇，大体上是根据蒲松龄《聊斋志异》的手稿本及青柯亭本改写的；有时，在文字方面有了疑问，也参酌其他的版本。

二、本书选择材料，同时注意它的文学性、趣味性和教育性，尽量要求它能适应现代读者。

三、本书除以白话改写外，其他方面，一概保持原作的精神和面貌；只有少数几篇，为了实际上的需要，在文字和情节方面略有增损。

四、本书为了方便读者阅览，对于特殊的地名、官职以及其他名词，都有详细的批注；同时，在每一篇的后面，对于该篇的含义，也有一个总括的说明。

五、《聊斋》原作各篇，题目过于刻板，有些甚至不能涵盖全篇的内容，对于这一部分，本书统统予以改订；但为使读者便于对照原作起见，另在各篇末尾，再将它的原来题目加以注明。

蒲松龄和《聊斋志异》

一、蒲松龄生平

蒲松龄,字留仙,一字剑臣,别号柳泉居士,明崇祯十三年(1640年)农历四月十六日,生于山东省淄川县东七里的蒲家庄。蒲家庄地近黉山,是一个山清水秀的村落。村东有一个泉眼,泉水自地层上冒,溢而成溪,溪旁老柳成荫,当地居民因而称之为柳泉。由于蒲松龄深爱这里的风景,后来便以它为号了。

淄川的居民,多半自外地迁来,蒲家是当地的少数本地人之一。他们的先人蒲鲁浑、蒲居仁在元朝都曾做过般阳路(淄川在般水之阳,旧称般阳)的总督。但是蒲家真正兴盛起来,据蒲松龄自己说,是在明洪武以后(《淄川蒲氏族谱引》)。蒲松龄的高曾祖永祥、高祖世广、曾祖继芳,都有令名,道德文章,为一方所重。他的祖父生讷,生有五个儿子,名叫:稳、楸、盘、枳、棐。蒲盘便是蒲松龄的父亲。蒲盘原来也有意在仕途上谋取发展,但是考了二十多年的秀才,都没有如愿。后来因为家里实在太穷了,不得已才做起生意来。蒲家在他的经营下,经济情况渐渐有了转机。蒲盘曾经生过一个儿子,名叫兆箕,不久就夭折了。他一直到四十岁,都没有子息,后来便把他弟弟枳的儿子过继到自己的名下来。说也奇怪,从此以后,竟然接连生了四个儿子,他们依次是兆专、柏龄、松龄和鹤龄。

蒲松龄的降生,有一个传奇。据说当母亲董氏快要生他的时候,他的父亲曾经梦见一个又病又瘦的老和尚走进屋来,那和尚光着半边上身,在乳部还贴着一个铜钱般的膏药;醒来以后,蒲松龄就生了,乳部竟然也有一个墨痣。蒲松龄自己也相信,他似乎就是那个老和尚的化身(《聊斋·自志》)。

蒲松龄出生的第五年,明朝便亡了。那真是一个历史的剧变。蒲盘在那兵荒马乱的时代,并没有忽略对于子侄教育的责任。松龄兄弟,都是他亲自课读的。蒲松龄幼年时代,除了居家读书外,常在柳泉一带游钓,父亲的教诲,乡村淳朴的风物,对于他后来性情和志向的发展,都有深刻的影响。

蒲松龄在清顺治十四年(1657年),和同县刘国鼎(季调)的次女成婚。那时他十八岁,夫人刘氏小他三岁。刘氏温柔贤淑,很得蒲母董氏的钟爱,但是也因此引起了妯娌的嫉妒,造成了婆媳间的失和。他的父亲看到闹得不像样了,便要他们兄弟分居。这时,他的兄弟都争着要求好的房舍和器皿,只有他不肯说什么话,结果仅分得家产里的老屋三间和薄田二十亩。

顺治十五年(1658年),他十九岁,参加了童子试,经过县、府、道三次考试,都是第一名,成了秀才,一时名声大噪。那时安徽宣城的施闰章(愚山)正主持山东的学政,他主张取士应该先实行而后文艺;因此,蒲松龄很得到他的赏识,施闰章也成了他第一个文章知己。可是,在以后的几次乡试中,他始终榜上无名。他的一生科第,只在四十六岁时被补为廪膳生、七十二岁时被补为贡生而已。

蒲松龄生性朴讷,而重视信义,一时名士宿儒,多愿和他交游。青年时代,他曾与同乡李尧臣(希梅)、张笃庆(历友)、张履庆(视旋）等人结为"郢中诗社"，以道义风雅相切磋。他和李希梅"朝分明窗，夜分灯火"，交情尤称莫逆。他的乡先进高珩（念东）、唐梦赉（豹岩）都非常器重他。而新城王世禛（渔洋）尤其欣赏他的才华，屡次示意要罗致门下，都被他婉谢了。

蒲松龄的一生，除了一度游幕以外，其余过的都是舌耕生涯。康熙九年（1670年）秋天，友人孙蕙（树百）任江苏宝应县令，邀他去做幕宾，可以说是他生平仅仅的一次南游。第二年春天，他又随树百转任高邮，算算时间，前后也不过八个月而已。三十二岁时，他从高邮回到了淄川，从此，便在家乡开席授徒。又过了八年，他开始在毕际有（载积）的绰然堂设帐。绰然堂在毕家的石隐园中，藏书很多，堂外花木扶疏，他在这个幽美的环境中，一面教读，一面写作，一待就是三十年（蒲氏曾为际有夫人王氏作墓志，有"余与毕世兄韦仲同食三十年"之语；韦仲名盛巨，是毕际有的儿子，可见蒲氏在毕家时间之久），他生前的许多著述，都是在这一段时间里完成的。等到他撤帐回家，已经是垂暮之年了。

康熙五十四年（1715年）元旦，他用易理占卜，结果不吉。正月初五，是他父亲的忌辰，他带领儿辈亲往墓地祭扫，回来便觉得不适，延到二十二日酉时，竟依窗危坐而逝，享年七十六岁。同年三月，下葬于柳泉东南的墓地。

蒲松龄共有四子，依次为：箬、篪、笏、筠。箬、笏、筠和长孙立惪，都是秀才，可以说是一门书香。他的著述，据张元（榆村）撰墓表所载，计有：（一）文集四卷，（二）诗集六卷，（三）《聊斋志异》八卷（今刊本分为十六卷）。附记于碑阴的有：（四）杂著五册（①《省身语录》，②《怀刑录》，③《历字文》，④《日用俗字》，⑤《农桑经》），（五）戏三出（①《考词九转货郎儿》，

②《钟妹庆寿》，③《闹馆》）；（六）通俗俚曲十四种（①《墙头记》，②《姑妇曲》，③《慈悲曲》，④《翻魇殃》，⑤《寒森曲》，⑥《琴瑟乐》，⑦《蓬莱宴》，⑧《俊夜叉》，⑨《穷汉词》，⑩《丑俊巴》，⑪《快曲》，⑫《禳妒咒》，⑬《磨难曲》，⑭《增补幸云曲》）。另外经考订为蒲氏作品的有：（七）《醒世姻缘传》小说一百回，（八）鼓儿词若干种。此外，他还辑录有《药祟》《婚嫁全书》《小学节要》《齐民要术》《观象玩占》《会天意》《家政内篇》《家政外篇》《帝京景物选略》等书。其他有待考证的著述还有好多种，这里不再一一列举了。

二、《聊斋志异》的流布

《聊斋志异》的写作时间，相当长久。大约从蒲松龄的青年时期一直写到他的晚年。据《聊斋志异》中所记的资料考察，有晚到康熙四十六年（1707年）的（《夏雪》《化男》），那时他已经是六十八岁的老人了。不过，他的《聊斋·自志》，却是在康熙十八年（1679年）写成的，当时他的年龄是四十岁。因此，我们可以做一个推论：在他四十岁的时候，《聊斋志异》已经成书了，以后又经过不断的增订，才成为定稿。

《聊斋志异》稿本，最先接触到的人是王渔洋。王渔洋和蒲氏有瓜葛之亲，也是文字上的朋友。王渔洋对《聊斋》非常欣赏，除了为它一一点志以外，并且间作评语，他所作的《奉题志异诗》："姑妄言之妄听之，豆棚瓜架雨如丝；料应厌作人间语，爱听秋坟鬼唱诗。"也颇能把握《聊斋》的作意。渔阳的评语，在当时是就《聊斋志异》的原稿上眷入的，我们可以说，它是原本《聊斋》不可分的一部分。可惜这部原稿，历经沧桑，现在只剩下了半部，也就是第一、四、五、十卷的全卷，和第二、十一卷的前一部分，第三、九卷的后一部分。从稿本上，我们可以明显地看到作者删改的痕迹，也可以看出作者构思和推敲的过程。

《聊斋志异》在蒲氏生前，并未刊刻问世，当时流行，只赖传抄，这些抄本现在已不多见。现存较早的是乾隆十六年（1751年）的铸雪斋张希杰抄本，和同样是乾隆年间的黄炎熙选抄本。二书都是十二卷，前者收藏于北大图书馆；后者缺第二、十三两卷，但有《猪嘴道人》《张牧》《波斯人》三篇，是别的本子所没有的。

至于木刻本，最早的要算是乾隆三十一年（1766年）的青柯亭本了。刻者是山东莱阳的赵起杲（荷村），所以一般人也称它为赵本。这个本子分为十六卷，所收的篇目有四百三十一则，对于《聊斋志异》的传播，很有贡献。从它问世以后，所有的评注本、以至于后来的石印本、铅印本，几乎都是以它为蓝本。除了赵氏刻本，其他重要的本子有道光三年（1823年）经纶堂所刻的何守奇评本，道光十九年（1839年）花木长荣之馆所刻的何垠注本，道光二十二年（1842年）但明伦自刻的评本，道光二十三年（1843年）广东五云楼所刻的吕湛恩注本（吕注在道光五年已有刻本，但不载《聊斋》原文），以及光绪十七年（1891年）合阳喻焜所刻的王、冯、何、但四家合评本。（其中冯镇峦评作于嘉庆二十三年，早于何、但两家二十多年，但是在光绪十七年之前，迄未付刻。）以后的各种评本，也多依据它们付刻。在这里，还有需要一提的是乾隆三十二年（1767年）的王金范分类选刻本，共十八卷，分二十六门，收文二百七十余篇，虽然编排十分别致，但是有些文字已经王氏妄改，参考价值也就大大地降低了。

在石印本方面，可以光绪十二年（1886年）广宋百斋主人印行的《评注聊斋志异图咏》为代表。它的特色是将全书的每一篇故事都画上图书，另在每张图的空白处题上七绝一首（主要是歌咏该篇故事的内容），并在诗的末尾盖上刻有篇名的篆章。另外，他又把原列篇后的吕湛恩的注，移到每一句的后面，阅读起来，要比别的本子方便多了。此后有许多的书局都照这个本子仿印或影印，但是印工精美的并不多。

除了上面提到的木刻本和石印本外，现在坊间也有一些铅字排印的本子，有的后面还附上简单的批注，但多半很草率，远不如影印的木刻本来得好。但是因为有新式标点，读起来方便，对于《聊斋志异》的流传，仍然有它的贡献。

《聊斋志异》在道光二十八年（1848年）已有满文译本，时至今日，更被译成日、英、法、德、俄等国文字，它不但是中国的文学巨著，而且成为世界的文学宝典了。

三、《聊斋志异》之评价

据说《聊斋志异》成稿以后，蒲松龄曾经向王渔洋讨教，渔洋想用百金把它买过来，蒲氏不肯。这个传说的真实性如何，我们现在姑且不去管它，但是，它至少可以证明一点，《聊斋志异》在当时是广受大众欢迎的。赵清耀说它传抄甚广（青刻本《聊斋志异·例言》），段雪亭说它在"未刻之前，已贵洛阳纸价"（《聊斋志异遗稿·例言》），应该是可信的。在我们今天来看，《聊斋志异》虽然可能是"仿干宝《搜神记》、任昉《述异记》之例"发展而来的，可是它的成就，却不是任何同类的书籍所能比拟的，关

于这一点,我们可以由四个方面来说明:

(一)就文字的使用来说:它用的是文言文,精简而且古雅,说理纯正剀切,叙事有条不紊,用典平妥自然,一字一句,都费尽心血来反复推敲(这由手稿本《聊斋》可以看得清清楚楚),所以前人说他的书是"有意作文,非徒纪事",并且把它和《左传》《国语》《史记》《汉书》相提并论(冯镇峦《读聊斋志异杂说》),当作古文写作的范本来看,不是没有原因的。

(二)就艺术的成就来说:《聊斋志异》的每一篇都有它的面目和神情,作者想象力的丰富(如《画壁》——本书改题为《壁上的美人》,《寒月芙蕖》——本书改题为《冬天的荷花》),故事造境的优美(如《翩翩》——本书改题为《山中仙缘》,《鸽异》——本书改题为《少年与白鸽》),情节安排的曲折(如《张鸿渐》——本书改题为《张鸿渐的遭遇》,《石清虚》——本书改题为《清虚奇石》),性情刻画的细腻(如《阿绣》——本书改题为《真假情人》,《小谢》——本书改题为《老屋里的故事》)……处处显示了作者在艺术上的造诣。

(三)就创作的体制来说:四百三十余篇的《聊斋》,涵盖面之广,也可以说是前所未有的。举凡写实、言情、说理、寓言、侠义、灵异……几乎无所不包,后世小说所有的形式,它几乎统统具备了。而且创作量之丰富,更是同时代的作家望尘莫及的,近人把蒲氏称为"东方的莫泊桑"(王文兴《重认聊斋》),我想不应该是一种盲目的崇拜吧!

(四)就作品的内容来说:它充分地反映了那个时代和社会,也表达了他对人类的憧憬和关注。因此,在书中有记载当时事实的,如《地震》记载康熙七年的济南大地震,《纪灾前篇》记载康熙四十二年的淄川水灾，《纪灾后篇》记载康熙四十三年的淄川虫灾，都是极珍贵的史料。有讥刺政治黑暗的，如《促织》（本书改题为《稚子的灵魂》）写官吏的无道，《贾奉雉》（本书改题为《贾奉雉成仙》）写科场的弊端，都令人愤恨。有刻画人性卑污的，如《金陵乙》（本书改题为《化狐》）写酒店主人的人面兽心，《武孝廉》（本书改题为《石武举之死》）写石姓举人的忘恩负义，都令人切齿。有表彰人伦德义的，如《张诚》（本书改题为《张氏兄弟》）写张氏兄弟的诚笃孝友，《大力将军》写吴六一的知恩必报，都使人击节称赏。有嘲讽风俗人情的，如《宫梦弼》（本书改题为《柳家的盛衰》）写世态的炎凉，《马介甫》写泼辣的悍妇，都入木三分。有讨论人生哲理的，如《黄英》写什么才是清高，《瑞云》（本书改题为《黑色的指印》）写怎样才是爱情，都令人叹服他的识见。有提倡民族精神的，如《三朝元老》讥讽洪承畴的变节，《罗刹海市》暗嘲朝廷政俗，而《公孙九娘》记于七抗清一案，被屠戮的民众之多，更是满纸血泪。总之，由于《聊斋志异》接触面之广，写作的时间之长，使它成了半个世纪历史和社会的见证。

　　三百年来，《聊斋志异》在知识界拥有这样崇高的地位，绝不是偶然的。它的成就，不仅是前未曾有，就是后来类似的作品，也很难跟它相提并论。像袁枚的《子不语》（后改为《新齐谐》）、和邦额的《夜谭随录》、浩歌子的《萤窗异草》、冯起凤的《昔柳摭谈》等，在风格上虽然都和《聊斋志异》相近，但是在文字和技巧上，却绝难和它相比。当然，它们的流行也没有《聊斋志异》那么广，影响世人也没有《聊斋志异》那么深了。

四、《聊斋志异》之读法

《聊斋志异》所记的人物，大体上可以分为人、鬼、狐、神、怪五类，而每一篇故事中，都是以人为主体，分别与其他四类中的一二类发生关系。蒲松龄所以把他们作为描写的对象，一方面是由于他平实的生活背景，一方面是由于当时的政治环境。蒲松龄一生落拓不遇，使他大部分的岁月，生活在广大的农村里，因而有机会接触到农村社会形形色色的事物和传闻，而鬼、狐、神、怪正是农村社会的普遍信仰，他借着它们的形象，来搜集和编撰故事，以达到惩恶劝善的教化效果，本来是极自然的事。何况，谈鬼说狐也是他本人的兴趣，他在《聊斋·自志》里说："才非干宝（晋人，著有《搜神记》），雅爱搜神；情类黄州（指宋人苏东坡，曾任黄州团练副使），喜人谈鬼。"正是一种表白。至于前文所提到的他出生的传奇，我们几乎可以相信，这些鬼、狐、神、怪，也是他个人的信仰了。其次，我们再就当时的政治环境来说，清朝入主中原，一方面用科举制度来笼络士人，一方面又用高压的手段来打击有反抗思想的知识分子。当时的学界领袖如王夫之（船山）、顾炎武（亭林）、黄宗羲（梨洲）等人，都以民族大义为号召，形成了一股反抗清朝统治的暗流。蒲氏生当其时，康熙二年（1663年）的庄廷鑨明史狱，六年（1667年）的沈天甫诗狱，五十年（1711年）的戴名世南山集狱，都是他及身见到的，这种刻骨铭心的经历，给予一个传统的读书人心灵的煎迫，是可想而知的。而在他家乡，层出迭起的反抗事件，如顺治三年（1646年）的高苑谢迁之变，十八年（1661年）的栖霞于七之变，死事之惨，更使人触目惊心。在这种高压的环境之下，他对于时政和社会的不满，只有借着鬼、狐、神、怪来发泄了。这样,他既不必顾虑政治的报复,也可以免除人事的干扰。他爱写什么就写什么,凡是人类社会一切可歌、可泣、可恨、可痛的事迹,他都可以借那支生花妙笔,把它一一收进《聊斋》里。王渔洋说他"厌作人间语",应该是很了解他的话。就是他自己也承认,《聊斋志异》是一本有"寄托"的"孤愤之书"(《聊斋·自志》),所以我们阅读《聊斋志异》,非但不能为它的神异色彩所迷惑,而且应该把它所含蓄的旨意找出来,这是最最重要的一层。

其次,我诚恳地建议读者,应该把《聊斋志异》当作以下三种书来看:

把它当作文学的作品来看。《聊斋志异》使用的是文言,在今天以白话作为表达工具的社会里,文言的使用——特别是用来创作,范围已越来越窄;但是就文学所负的使命和它对于艺术技巧的讲究来说,却是没有古今之分的,我们读《聊斋志异》,自然应该从这一方面去认识和注意。

把它当作社会的史料来看。文学作品是反映社会的,特别是《聊斋志异》,它的写作时间,超过了半个世纪(相当于清王朝的五分之一);它所反映的不是某一个家族,也不是某一个阶层,而是这一段时间里中国社会的全貌,举凡一切政治、经济、文化的活动,我们都可以从四百三十多篇的《聊斋志异》里找到它的痕迹,它可以说是一部社会实录。我们要了解那个时代和社会,《聊斋志异》应该是值得注意的一部书。

把它当作哲学的书籍来看。蒲松龄在作品中批评社会,分析道理,固然代表了那个时期人们的情感和希望,但是在批评和分析中,我们可以清清楚楚地发现他的价值观念。蒲松龄的思想,不可讳言的，含有一部分佛家的因果轮回和道家的神仙出世思想，可是基本上，他仍然是儒家的嫡系子孙。他在《聊斋志异》里所表达的平实、正大、通达的人生见解，可以使我们得到许许多多的启发，对我们进德修业，是大有裨益的。

　　以上只是概略地说说《聊斋志异》的读法；当然，读书贵在自得，读者如果能从其他的方面去留意，进而得到身心上的帮助，更是我们衷心期望的了。

聊斋故事

壁上的美人

有一位叫孟龙潭的江西人，和一位姓朱的举人①，都在京城里客居。有一天，他们两人忽然动了游兴，到一所寺院去走走。这所寺院的殿堂和禅房都不太宽敞，只有一个老和尚住在里面。他看见客人来了，便整理了一下衣服，出来迎接，领着他们到各处看看。

他们走进大殿，看见里面供着志公的塑像，那志公②脸色莹彻，手脚都长得像鸟爪一样，很是奇怪。东西两面墙壁都画着图画，笔法细腻，构思巧妙，画中的人物，就像真的一样。东面的墙壁上画的是《天女散花图》，里面有一位少女，长发披肩，手里拿着一朵花儿，含羞地笑着，那樱桃小口仿佛要讲话似的，两个水汪汪的大眼，像是含蓄着无限的深情。那美丽动人的姿态，把朱举人看呆了，不觉心神荡漾，起了遐思。忽然，他的身体轻飘飘的，就像驾着云雾一般，走进壁画里面去了。

朱举人看见殿阁重重，美丽得像仙境一样。有一个老和尚，斜披着袈裟，正在座位上说法，围在四周听讲的人很多。朱举人站在拥挤的人群里面伸长着脖子听；他听了一会儿，好像觉得有人偷偷地拉了他的衣服一下。回过头去一看，竟是那位长发披肩的画中少女。她对他深情款款地一笑，掉头就走了。也不知道怎么一回事，

---

① 举人：清代科举制度，每隔三年，朝廷便特派官员到省城考试诸生的四书经义和策问等，凡是及格的考生就叫举人。
② 志公：神仙名，见《葛洪神仙传》。

朱举人竟不由自主地跟随着她。他们穿过了一座弯弯曲曲的栏杆，转入一间小屋，朱举人停下了脚步，不敢向前行走。少女转过头来，看见朱举人还站在远处，便举起手里的花向他招手，朱举人这才壮起胆子赶上前去。

他们进了屋子，深情地依偎着，厮磨了许久，少女才关上门离开。她临走的时候，告诉他不要出声，到了夜晚，还会再来看他。这样过了两天，她的同伴终于发现了他们的秘密。她们搜出了朱举人，便起哄说："已经有情郎了，还冒充小姑娘，也不害臊！"说着，便你拿簪子、我拿耳环地把她打扮成少妇的模样，那少女竟一时羞得说不出话来。她们闹了好久，有一个少女忽然顽皮地提醒大家说："姐妹们！识相点儿，别紧耗在这儿，惹人讨厌！"经她这么一说，大伙儿便嘻嘻哈哈地走了。朱举人这才有机会端详一下那少女变女郎的打扮：发髻梳得高高的，发鬟垂得低低的，比秀发披肩时的模样艳丽多了。他四顾无人，便又和她缠绵起来。她身上散出来的幽香，使他陶醉极了。

正当他们互相依偎，浑然忘我的时候，忽然听到门外有马靴走动的声音，脚步非常沉重。接着又听到铁链子和锁碰击的声音；不久，又有嘈杂的说话声，像是在争辩什么。那女郎一惊，连忙推开了朱举人，蹑手蹑脚地由窗缝向外偷看，只见一个面孔漆黑、穿着金黄色盔甲的使者，左手握着一把铁锁，右手提着一个木槌，很凶恶地站在院子里。那些刚刚来过屋里的姐妹们，都诚惶诚恐地围绕着他。那金甲使者厉声问道："人都到齐了吗？"那些少女们回答说："到齐了。"那金甲使者向她们扫了一眼，又警告说："要是藏了下界的人，就赶快招出来，可不要自找麻烦！"那些少女们又齐声说："没有！"使者转过身来，眼光锐利地向小屋子看，像是要搜索似的。那女郎吓得不得了，脸色像死灰一般。她神色仓皇地告诉朱举人说："快点躲到床下去！"说完，便打开壁上的小窗，慌慌张张逃走了。

　　朱举人躲在床下，不敢出一点儿声音。不久，便听到靴声来到了房内，只绕了一圈，又走了出去。过了一会儿，嘈杂的声音渐渐远了，心里才稍微平静下来；可是窗外仍然有走路和谈话的声音。朱举人在床下闷久了，只觉得耳朵里像有蝉叫，眼睛也直冒金星，那情况实在忍不下去了，可是又怕惹祸上身，只好仍然伏在床下，静静地等那女郎回来，一时竟忘记了自己到底打哪儿来的。

　　那时，孟龙潭在大殿里观赏，一转眼的工夫，便失去了朱举人的踪影，心里觉得有些纳闷儿，就问那引导的老和尚。老和尚微笑着说："他听说法去了。"孟龙潭又问："在哪儿？"老和尚说："就在跟前。"过了一会儿，老和尚用手指弹着墙壁叫道："朱施主怎么玩了那么久还不回来？"不久，那壁上便现出了朱举人的形象，只见他歪着脑袋侧着耳朵站着，好像听到了什么似的。那老和尚又叫道："你的游伴等你很久了！"朱举人听了，便恍恍惚惚地从壁上降了下来。落到地上以后，就像一根木头似的直挺挺地站着，眼睛睁得圆圆的，双脚一点劲儿都没有，好像灵魂已经出窍了。孟龙潭看见他那模样，吓了一大跳。过了一会儿，追问他到底是怎么一回事，朱举人这才恢复了神智。他说："我正伏在床下，忽然听见敲门的声音，就像打雷一样；便走出来瞧瞧，也不知怎么的，又回到这地上来了。"他们向壁上一看，那手里拿着花的少女，发髻已经梳得高高的，不是先前长发披肩的打扮了。朱举人惊诧地拜问老和尚，这是怎么一回事？老和尚宣了一声佛号，慢条斯理地说："一切的幻象都是由人自己脑子里发出来的，我老和尚哪里知道是怎一回事呢？"

朱举人和孟龙潭听了老和尚的话，一个是闷声不响，一个是惊惶无主。于是两人便起身告辞，步下大殿的台阶，匆匆地离开了那座寺院。（改写自《画壁》）

【点评】

心不动念，一切的幻境便无由而生。朱举人的心里先有了淫亵的念头，所以便自然产生了淫亵的幻象。人的迷惘，都是由于不能消除自家心里的魔障。老和尚回答朱举人的话，真是不解之解啊！

渔夫和水鬼

淄川①城北有个姓许的渔夫，每晚打鱼的时候，必定提着酒到河边去喝。喝酒时总是先把酒洒在地上，祷告着说："河里的溺死鬼都来喝酒吧！"别人捕鱼，通常没有什么收获，唯有他总是满载而归。

有一天晚上，他一个人正在河边喝酒，有个年轻人走过来，在他身边踱来踱去。他便邀年轻人共饮，对方很爽快地接受了。

这个晚上一尾鱼也没捕到，渔夫感到很失望。年轻人站起来说："我到下游去为您赶鱼！"于是轻飘飘地走了。一会儿又回

---

① 淄川：清代县名，今山东省淄博市淄川。

来说:"大的鱼都被我赶过来了。"说完,果然听到河里鱼儿喳呷喳呷的声音。渔夫撒下网,一下子捕获了好多条,都一尺多长。渔夫高兴得不断地向他道谢。

年轻人要告辞了,渔夫送他鱼,他不肯接受,说:"屡次接受您的好酒招待,这一点点小事算得了什么,还要您谢?如果您不嫌弃,以后我每天晚上都来陪您喝酒和赶鱼。"姓许的说:"你只和我喝了一个晚上的酒,怎么说是屡次呢?如果你肯天天来,那真是最好不过了,只是我没法报答你为我赶鱼的盛情啊!"问他的姓名,回答说:"我姓王,没有名字,您就叫我王六郎好了。"于是两人便告别了。

第二天,渔夫卖了鱼,买了更多的酒,晚上来到河岸,王六郎已经先到了,于是他们高高兴兴地坐下来喝酒。喝了几杯,年轻人就为渔夫赶鱼。以后每天都是这样。

半年过后,有个晚上,年轻人忽然对渔夫说:"和您相识以来,承您像兄弟一样地爱护我,使我格外感觉温暖;只可惜不久我们就要分别了。"王六郎语调凄凉中带着酸楚。渔夫很惊讶,连忙追问是什么缘故。六郎几次要说出来,但话到嘴边又吞了回去,最后还是说了:"我们两人感情这么好,我说了,您或许不会惊慌吧!现在即将分别,不妨向您说实话!我其实是一个鬼。生前一向喜欢喝酒,几年以前的某一天,因为喝醉了酒而淹死在这里。以前您打的鱼比别人多,就是因为我在河里为您赶鱼,报答您屡次奠酒的恩德的缘故!明天我的罪孽满了,将会有替死的来,有了替身,我就可以投胎去了,您我相聚就只有今晚,所以非常感伤。"渔夫起初听说他是个鬼,十分害怕,但是想到彼此长久地亲密相处,也就不觉得恐怖,同时也为即将分别而感叹;斟满了酒说:"六郎,把这杯酒喝了吧！不要悲伤了！你我每天相聚，一旦分别，本来是令人悲痛的，但是既然你的罪孽已满，可以脱去劫运，这是可喜可贺的，悲伤反而不合情理咧！"于是两人对坐畅饮。渔夫问替死的是什么人。六郎回答说："老大哥明天到河边来看，晌午时分，有个渡河而掉进水里的女人，就是了。"这时，村子里的鸡已经开始啼叫，六郎只好依依不舍地挥泪告别了。

第二天，渔夫怀着几分畏怯的心情来到河边，等着窥看这件怪异的事情。果然看见有个妇人抱着婴孩来了，走到河岸就一脚掉进了水里，孩子被抛在岸边。渔夫眼见着那妇人扬起手蹬着脚又叫又喊的，一下子沉进水中，一下子又浮在水面，这样载浮载沉了好几次，忽然拖着湿淋淋的身子攀上了岸，坐在草地上喘息了片刻，就抱着孩子走了。当这妇人溺水的时候，渔夫很不忍心，想要跑过去救她，转而一想，她是来代替六郎的，也就硬着心肠没有去救，等到妇人上了岸，他又怀疑六郎昨晚所说的话不灵验。到了日暮，他背着渔具来到旧地，六郎又来了，说："今天我们又聚会了，并且不再和您道别。"问是什么缘故，回答说："那个妇人已经来替代我了，但是我怜悯她怀抱中的孩子。为了代替我一个人，就残害了两条性命，我怎么忍心得下？所以就舍弃了这一次投生的机会。再要等到有人来替代，不知要到哪年哪月。也许我们俩的缘分还没有尽吧。"渔夫感叹着说："像你这么好的心肠，一定可以感动上苍的！"从此以后，他们又每晚相聚，和以前一样。

过了几天，六郎又来告别，渔夫以为他再度找到了替身。他却说："不是的。前次我那慈悲的念头，果然感动了天帝，现在派我到招远县^①邹镇去做土地神,明天一早就要去上任,假使您不忘记旧交情,就请到那边探望我,不要怕路途遥远。"渔夫向他道贺说:"你因为正直而修成了神仙,真是令人快慰。但是神仙和凡人天地相隔,我就是不怕路途遥远,又怎能看得见你呢?"六郎说:"您只管前往好了,一切都不必顾虑。"他再三叮咛,然后才离开。

渔夫回家以后,即刻整理行装,打算朝东边去,他的妻子笑着说:"这一路上有几百里,即使有邹镇这个地方,恐怕一个泥菩萨也没办法和你交谈。"渔夫听不进妻子的话,最后找到了招远县,向当地的居民打听,果然有个叫邹镇的地方。他找到了邹镇,便在一间旅店里歇脚,并问旅店主人土地庙在哪里。主人惊异地说:"莫非您就是许先生吗?"渔夫惊奇地说:"是啊!你是怎么知道的?"主人又问:"那您的家乡是淄川了?"渔夫更觉得奇怪,说:"是啊!你怎么知道的呢?"主人没有回答就立刻跑了出去。一会儿的工夫,男人们都抱着婴孩,妇女和儿童都躲在门外偷看,许多的人一拥而上,把渔夫围得紧紧地,像一堵墙似的,渔夫越发地感到莫名其妙。这时大家才你一嘴我一舌地对渔夫说:"前几个晚上,我们都梦见了土地神,他说有一位住在淄川的许先生要来,要我们为他准备路费。我们已经恭候几天了。"渔夫也觉得很不可思议,就到庙里去祭拜,并且祷告说:"和你分别以后,就是在睡梦里也想着你,我现在从遥远的地方前来赴约,蒙你托梦给这里的百姓,我心中实在感激。我没有带什么好的礼物来,只有一杯薄酒,如果你不嫌弃,就请像从前在河边那样把它喝了吧!"祷告完毕,接着焚烧纸钱。顷刻间,一阵风从神座后面吹出来,在渔夫的四周旋转,

---

① 招远县:今山东省招远市。

大约过了一个时辰才散去。

夜里，渔夫又梦见了这个年轻人，他穿戴极为考究，和平日大不相同。他道谢说："劳您的驾大老远地来看我，使我既兴奋又感动。只因为担任这微小的职务，不便和您会见，虽近在咫尺，却仿佛是遥隔天涯，怎不叫人忧伤满怀，父老们预备了一份薄礼相送，这只是我的一点点心意。您回去的时候，我会来送行的。"

住了几天，渔夫要回去了，老百姓殷勤恳切地留他，早上请、晚上邀地款待他喝酒吃饭，并且一天有好几户人家轮流做东。渔夫坚决要走，大家便争着送他礼物；有的送钱，有的送东西，一大早，就装得满箱满袋；全村子的人，老的小的，都来送行，一直送出村口。一路上，大风扬起，随着渔夫走了十几里路。渔夫一再地作揖说："六郎！你请珍重！不再劳你远送了。你心地仁慈，必定能够造福一方，保佑老百姓的，这用不着老友来嘱咐了。"这阵大风盘旋了许久，然后才消失。村人也又惊又叹地回去了。

渔夫返回家乡，经济稍微宽裕了些，也就不再外出捕鱼了。后来遇见了招远县的居民，向他们询问有关土地神的事儿，都说：和从前一样地灵验。（改写自《王六郎》）

【点评】

人、鬼、神代表着三种不同的境界。一行不慎，便沉沦为鬼；一念慈悲，便提升为神。王六郎的由人而鬼而神，正是作者给我们的一种暗示。

道士种梨

有一个乡下人推着一车梨到街上去卖,他的梨又甜又香,可是价钱却卖得很贵。

有一个衣衫褴褛的道士,来到车前向他乞讨,乡下人呵斥他,他也不走。乡下人动了肝火,着实地骂了他一顿。道士说:"你整个车上有几百个梨,我出家人只向你乞讨一个,对于你也没有多大损失,为什么要动气呢?"旁观的人也劝卖梨的选一个不好的梨给他,打发他走算了,可是这个卖梨的乡下人说什么也不肯。

这时街边店子里有个伙计,看见他们吵闹个没完,就掏出钱来买了一个梨送给道士。道士连声道谢,并且告诉众人说:"我出家人可从来不懂什么叫吝啬,我有很好的梨,让我拿出来请客。"有人嘲讽说:"你既然有梨,为什么不自己吃呢?"道士说:"我必须用这个梨核做种子。"于是抱着梨子大啃,吃完了,手里捏着梨核,从肩膀上解下了铁铲,将地挖了几寸深,然后把梨核放进去,再盖上泥土。又向街上的人要水来浇。有个好事的人在路边的店子里要到了一桶热水,道士居然也接过来往上面浇。

所有的人都把眼光集中在道士的戏法上,只见地上忽然冒出一棵嫩芽来,渐长渐大;不久就成了一株枝叶扶疏的梨树;一下子花也开了,又一下子果也结了,梨子很大,而且芳香扑鼻,一个接着一个,挂满了枝杈。道士于是从树上摘下来送给观看的人吃,很快就摘完了。接着道士就用铲子来砍树,过了好久,才把它砍断。他就连枝带叶地扛在肩上,从从容容地走了。

在道士变戏法的时候，那个卖梨的乡下人也挤在人群之中，伸着脖子注意看，竟然忘记了自己是干什么的。道士离开后，回过头来看看车子，梨已经统统不见了，而车子的把手也不晓得到哪儿去了。他这才明白：道士用来请客的，都是他的东西；而扛走的梨树，正是他的车把手。整个街上的人，都笑得东倒西歪。（改写自《种梨》）

【点评】

吝啬对于别人固然是一种刻薄，而对于自己更是一种伤害。常人只见到有形的亏耗，却看不到无形的损失。这篇想象力丰富的小说，不正是说明这一个事实吗？

王七学道

乡里有个姓王的，排行第七，家境很不错。他年轻的时候就向往道术，听说崂山①上住着许多仙人，就背着行囊去寻访。

他爬到了一个山顶上，看见一处道观，四周都是茂林修竹，环境非常清幽。观里有个道士，在蒲团上打坐，银白色的头发一直垂到颈子底下，精神却非常健旺。王七和他交谈，他所说的都是些玄妙的道理。王七倾慕极了，就请道士收他为徒弟。道士说："你一向娇生惯养的，恐怕吃不了这种苦吧？"王七见道士不肯答应，

---

① 崂山：在山东省胶州湾东岸即墨区南。

便一再说明自己对道术的向往，就是吃苦受罪，也心甘情愿。道士见他心意诚恳，也不好过分拒绝。

道士的徒弟很多，在傍晚的时候，全部集合在一块儿，王七一一和他们行礼，于是就留在观里了。天刚放亮，道士就把王七喊去，交给他一把斧头，叫他跟着其他的徒弟一同去砍柴。王七很恭敬地照办了。从此，王七每天都得砍柴。砍了个把月，他的手脚都起了厚厚的茧，再也受不了那种苦，心里就暗暗地兴起了回家的念头。

有一天，王七砍了柴回去，看见两个人和师父一起喝酒，太阳早已下山了，灯火还没有点起来。他的师父便把一张纸剪成像镜子一样，粘贴在墙壁间。不久，那面纸镜子竟像月亮一样放出清光，室内被照得连一根毫毛都看得清清楚楚。这时，所有的徒弟都围在四周，听候差遣。有一位客人说："这样美好的夜晚，大家应该来同乐一下才是。"于是拿起桌上的酒壶，倒酒给徒弟们喝，而且告诉他们，可以喝个痛快。王七心里直犯嘀咕：总共七八个人，一壶酒怎么应付得了？只见那些徒弟有的找碗，有的寻杯，争先恐后地抢酒喝，唯恐酒被别人喝光了。可是酒壶里的酒，一遍又一遍地倒，居然还是倒不完。王七觉得奇怪极了。

过了一会儿，另一位客人说："虽然我们沐浴在月亮的清辉里，可是这样静悄悄地喝酒，也没有什么情趣，为什么不请嫦娥来陪陪呢？"于是就把筷子投到月亮上去。不久，就见到一个美人，从月亮里走了出来。起先，身长还不到一尺；落到地上，便和普通人一样高了。这个美人，腰身细细的，颈项也长得白白嫩嫩的，轻轻盈盈地跳着霓裳舞①。跳完以后，接着唱起歌来：

---

① 霓裳舞：相传唐玄宗游月宫时，见许多仙女都穿着素练霓裳翩翩起舞，舞曲为霓裳羽衣曲，后来便称这种舞蹈为霓裳舞。

聊斋志异：瓜棚下的怪谭

神仙啊！

你回到了尘寰啊！

却把我留置在广寒宫①啊！

她的歌声非常清新悦耳，美得像箫的吹奏一样。唱完了歌，就轻妙地飞了起来，跳到了桌子上。就在徒弟们惊奇地注视的当儿，又变成了筷子。主客三人快乐地大笑起来。

一位客人又说："今天晚上最快活了，酒也差不多喝够了。我们到月宫里去喝两杯再分手怎么样？"于是三个人就带着酒菜，渐渐地进入了月亮之中。大家看见这三个人在月亮里喝酒，连胡子和眉毛都看得清清楚楚，就如同镜子里的人影一样。

过了一阵子，月光渐渐地暗淡起来，徒弟点燃了蜡烛，只见道士一个人孤零零地坐着，两个客人已老早不见了，桌子上还残留些果核酒菜。墙壁上的月亮，仍然是一张圆纸。这时，道士开口问大家："酒喝够了吧？"大家都说："喝够了。"道士说："喝够了就该早点上床，不要耽误明天的砍柴。"大家答应着就去睡了。王七心里很羡慕师父的法术，便打消了回家去的念头。

又过了一个月，王七受不了苦，而道士又不肯教他一点法术。他实在不能耐心地等下去了，就向师父告辞说："弟子从几百里外的地方来跟老师学艺，纵然您不肯教我长生之术，也该教我一点小本事，使我有个指望。现在已经过了三个月，每天都是早上出去打柴，天黑以后回来。弟子在家里，可从来也没有吃过这样的苦！"

---

① 广寒宫：相传唐玄宗游月宫时，见宫门上题着"广寒清虚之府"，后世便称月宫为广寒宫。

道士笑着说:"我老早就说你吃不了苦,现在果然被我说中了。好吧!明天早上我就打发你走。"王七说:"弟子做了这么多天的工,老师随意教我一点小本事,也不算白来了这一趟。"道士问:"你想学点什么法术?"王七说:"每次看见老师要走过的地方,墙壁都挡不住,只要学到这一套本事就够了。"道士笑笑,答应了他。

道士把口诀教给了王七,叫他照着咒念,念完了,道士教他进墙,王七犹豫着不敢进去。道士说:"不妨试试。"王七果然从从容容地对着墙走去,可是刚碰到墙,就给挡住了。道士说:"低着头冲进去,不要犹豫!"王七照着吩咐,先离墙好几步,然后再死命向前冲;穿过了墙壁,好像什么东西也没有碰到,回头一看,自己已在墙壁外面了。王七高兴得不得了,马上进去拜谢老师。道士叮咛说:"你回去以后,要好好修身养性,要不然,这套本事就不灵了。"于是又送他一些路费,打发他回去。

王七回到家里,自吹遇到了神仙,只要作起法来,再坚固的墙也挡不住他。他的太太不相信。王七就学道士的方法,试给他太太看:先离开墙几尺远,然后低着头死命冲过去。可是头却碰到坚硬的墙壁,身子突然倒了下去。他太太扶起来一看,脑袋上已经起了一个像鸡蛋一样的大包。(改写自《崂山道士》)

【点评】

学问的成就,需要时间和耐心。轻浮和骄惰的人,永远不能走进它的堂奥。只剽窃到一点皮毛,就自吹自擂,必然成为世人取笑的对象。

长清高僧

长清①有个和尚,道行高洁,八十多岁了,精神还很矍铄。有一天,突然倒地不起,庙里的和尚赶忙跑过去救他,发现他已经圆寂了。

那和尚不晓得自己已经死了,灵魂一直飘荡到河南地界。河南有一个世家子,带领着几十个随从骑马打猎,马忽然狂奔,那世家子便摔死了。巧的是那世家子摔下来的时候,正好碰到了和尚的灵魂,于是灵和肉合而为一,世家子又渐渐地醒转过来。家里的仆人都围过来问他的伤势;他睁大了眼睛说:"奇怪!我怎么会在这里?"众人以为他脑子摔坏了,也不再多说,便把他扶了回去。

他回到家里以后,那些妻妾丫鬟纷纷过来慰问他。他非常吃惊地说:"我是个和尚,怎么会到这里来?"家里的人也以为他脑子摔坏了,一起揪着他的耳朵想让他恢复记忆。那和尚也不为自己解释,只是闭着眼睛,不再说话。家里的人给他素食,他就吃;给他酒肉,他就拒绝。夜晚总是一个人打单睡,不受妻妾的侍候。

几天以后,和尚忽然想走几步,众人都很高兴。待他走出来,只坐了一会儿,便有一些仆人捧着金钱米谷的账簿请他核算。他借口生病,精神不好,统统推掉了。只是一味地问,山东长清县是怎

---

① 长清:清代县名,今山东济南市长清区。

么个走法。大家告诉他以后，他便说："我闷得有些发慌，想到那里走走，你们快替我备好行装。"众人都说病体刚刚复原，不适合长途跋涉，他不肯听，第二天便出发了。

　　他到了长清，看到风物全跟往昔一样。也不需打探走法，就一路来到他从前所住的庙宇。小和尚们看见贵宾莅临，招呼得非常恭敬。于是他就向小和尚打听："你们老和尚到哪儿去了？"小和尚说："我们师父已经圆寂了。"又问老和尚的坟墓所在，大家便把他带去。一看是个三尺高的孤坟，荒草还未滋长起来；和尚们也不晓得他到底想干什么。不久，和尚们预备骑马回庙，他便嘱咐说："你们师父是位得道的高僧，所留下来的教训，应该恪守不渝，不要坏了佛门清规。"众和尚齐声说"是"，他便走了。

　　他回去以后，只是静心默坐，像个木偶似的，对于家中大小事情，一概不管。过了几个月，又逃回从前所住持的庙宇。他跟徒弟们说："我就是你们的师父。"和尚们以为他胡说，只是笑笑。老和尚见他们都不相信自己所说的话，便跟他们说明还魂的经过，以及平生所做的一切，和尚们这才明白。仍然请他住在老地方，像从前一样地侍候他。

　　后来公子的家人屡次派车马来，哀求他回家，可是他一点也不理会。又过了一年多，夫人又派老管家带了很多东西给他，他除了接受一件布袍之外，其他的金银绸缎统统退了回去。

　　笔者有几个朋友偶然到长清，曾经到那座庙宇去拜望他。他们都说老和尚的为人，诚恳厚道，不太爱讲话；年龄看起来只有三十来岁，却往往叙说八十多年前的事儿。（改写自《长清僧》）

【点评】

　　道行高便不会堕落，性情定便不会动摇。面对一切纷华靡丽，能保持心性的清净，纵然是形体已经离去，也不妨碍精神的超越升华。

人蛇之间

　　东郡有一个人，以玩蛇为业。他曾经饲养过两条驯良的蛇，都是青色的：大的那条叫大青，小的那条叫二青。两条青蛇的额上都有红点子，它们性情温顺，而又善解人意，玩起来上下盘旋，没有不听从指挥的。因此，玩蛇的人对它们的爱护，也就不同于他所饲养的其他蛇了。

　　过了一年，大青死了，玩蛇的人想找一条蛇来补缺，但是没有工夫去找。有一夜，他寄宿在荒山的寺庙里，天亮后，打开蛇箱一看，二青也不见了。玩蛇的人非常失望和懊恼，到处搜寻，大声地喊叫，一直见不到它的踪影。可是在从前，每一遇到草树茂密的地方，往往把它放出蛇箱，让它逍遥一番，不久都会回来；出于这个原因，玩蛇的人只好指望它自己回来了。于是他就坐在那里等，直到太阳升高了，他也感到绝望了，才闷闷不乐地离开寺庙。

　　他刚走出大门几步，就听到芜蔓的草丛中有窸窸窣窣的声音。他惊愕地停下脚步，回头一看，原来竟是二青回来了。他高兴得不得了，就像得到了至宝一样。他把肩上的担子放在路边，二青也跟着游到那里停下了。一看二青的后头,居然有一条小蛇追随着。他抚摸着二青说:"我以为你跑掉了。那个小朋友可是你引来的吗?"于是拿出食物来喂它,同时也喂了新来的小蛇。小蛇虽不离开,但是却畏畏缩缩地不敢吃东西。二青把食物含在嘴里喂它,就好像主人让食于客人一样。玩蛇的人再喂它,小蛇才敢进食。吃完以后,跟随着二青一起进入蛇箱。

玩蛇的人把小蛇挑去训练,小蛇的盘旋曲折都合乎规矩,和二青没有多大不同,因此就称它为小青。带着它到各处献技,赚到了不少钱。

大抵玩蛇的人用来表演的蛇,只以二尺长为限;再大,蛇身就太重,玩起来不灵活,便要换一条新的了。但是因为二青温驯,所以不忍心立刻把它丢掉。又过了两三年,二青长到三尺多长,在蛇箱里躺着,把蛇箱塞得满满的,这才决定让它自寻生路。有一天,玩蛇的人走到淄川的东山间,喂了二青一些可口的东西,向它祝祷了一番,然后就把它放了。

二青走了以后,不久又回来,蜿蜒于蛇箱之外,舍不得离开。玩蛇的人挥挥手说:"走吧!二青!天下没有百年不散的宴席。从今以后,你藏身在深山大谷里,一定会成为神龙的,蛇箱之中又如何可以常住呢?"二青这才离开。玩蛇的人目送着它离去。可是过了一会儿,它又回来了,并且用它的头来碰蛇箱,小青在箱子里,也动个不停。玩蛇的人恍然大悟地说:"是不是要跟小青告别?"于是打开蛇箱,小青便从里面游出来,和它交头吐舌,好像是在絮絮话别。接着两条蛇一起游走了。玩蛇的人以为这下子小青不会再回来了,可是不久便见到小青孤零零地回来,游到蛇箱里躺着。

玩蛇的人自二青走了以后,时时刻刻都想找一条好蛇,可是始终没有中意的。而且小青也渐渐长大，不能表演了。

当二青被放走以后，很多的樵夫都曾在山中见过它。又过了几年，它的身子有好几尺长，粗得像碗口一样；渐渐地出来追人，于是商旅们都互相告诫，不敢再经过那条路。有一天，玩蛇的人经过那里，蛇像风一样地突然出现。玩蛇的人吓得半死，拔腿就跑。可是蛇追得更紧，回过头来一看，已经快被追上了。突然发现那条蛇的头部，还清清楚楚地有个红点子，这才想起它就是二青。于是他放下担子叫道："二青！二青！"蛇立刻停止不动了，昂起头来对他凝视了许久，然后用身子缠绕着他，就像从前表演时的情况一样。玩蛇的人察觉二青没有一点儿恶意；只是蛇身太重，被它缠得受不了。他倒在地上呼叫着、祝祷着，二青这才放开了他。二青又以头碰击蛇箱，玩蛇的人领会它的意思，把蛇箱打开，放出了小青。二条蛇相见，彼此缠绕着，像糖胶一样，过了许久才分开。

玩蛇的人于是向小青祝祷说："我老早就想和你告别，今天你已经有同伴了。"又跟二青说："小青本来是你带来的，现在你可以再把它带走。我有一句话要叮咛你：深山里食物并不缺乏，你可不要骚扰行人，免得遭受天神的处分。"两条蛇垂着头，好像接受了他的劝告，一前一后地游走了。玩蛇的人痴痴地站在那儿，直到看不见它们的影子才怅怅地离开。（改写自《蛇人》）

【点评】

蛇只是一种动物，但是它却依依不舍地眷恋着故人，而且非常乐意接受别人的劝告。这篇描写细腻而富有人情味的小说，它告诉了我们什么？

找回来的心

　　太原有个姓王的书生，清晨起来散步，遇到一个女郎，手里拿着包裹，慌慌张张地赶路，好像后面有什么人追来似的。那姓王的觉得有点儿奇怪，就放快脚步跟了上去。一看之下，原来是一个十六七岁的美人儿。姓王的见她生得漂亮，又一副楚楚可怜的样子，便不觉有了几分爱意。于是他走到跟前搭讪道："大清早，姑娘要上哪儿去呀？怎么一个人在这里赶路？"那女郎转过头来看了他一眼说："你这人也奇怪，我跟你一不沾亲，二不带故，我的事你管得着吗？"姓王的说："这倒说不定。如果有用得着的地方，我王某是绝对不会推辞的。"那女郎听了，便神色黯然地说："其实告诉你也无妨。我的父母贪图钱财，把我卖到一个大户人家。那大老婆心眼儿窄，容不下我，早晚都得挨她打骂。这种日子，我真受够了，想来想去，还不如走了的好！"姓王的问道："那你准备到哪儿去呢？"那女郎回答说："潜逃的女人，哪里会有一定的去处？"姓王的说："我家就在附近，何不到那儿歇歇？"女郎听了非常高兴，就接受了他的邀请。姓王的替她拿着包裹，领着她一起回家。女郎看见屋子里没有别的人，便问："你家里怎么没有人呢？"姓王的回答说："这只是我的书房。"女郎说："这儿倒是藏身的好地方。你如果可怜我，不让我死，就请你保守秘密，千万不要泄露出去。"姓王的满口答应，两人就在一块儿睡了。

　　姓王的让那女郎躲在密室里，一连好几天都没有人知道。后来，他憋不住了，便跟妻子透露了一点口风。他妻子姓陈，非常贤淑，疑心那女郎是大户人家的小老婆，劝丈夫赶快把她送回去，可是那姓王的说什么也舍不得。

有一天，姓王的在街上遇到了一个道士，那道士看见了他，吓了一跳，问他最近可遇到了什么。姓王的说："没有。"道士说："你的身上明明罩着邪气，怎么说没有呢？"姓王的又极力辩解。道士无可奈何，便叹口气说："真糊涂啊！世上居然有死到临头还不醒悟的人！"说着，便走了。那姓王的觉得道士的话里有点文章，对那女郎也就起了疑心。可是接着一想："她明明是个美人儿，怎么会是妖怪呢？一定是那道士穷极了，想借驱邪骗点钱用吧？"也就没有把这件事放在心上。

不久，他走到自家的书房门口，门的里面居然已经闩了起来，没法子进去。他疑心女郎可能在搞什么鬼，就从破墙上爬了过去。这时，他赫然发现，房间的门也被锁上了。他蹑手蹑脚地从窗缝向里面一看，只见一个青面獠牙的女鬼，正把一张人皮铺在床上，握着彩笔作画呢。画了一会儿，她丢下了彩笔，拿起人皮来披在身上，竟又变成了一个绝色女子。

姓王的看到这种情形，吓得魂不附体，连忙爬了出来。他急急忙忙地去追赶道士，可是已经不知道那道士的去向了。他到处寻找，后来在一处旷野把他找着了。姓王的跪在道士前面，求他救命。道士说："好吧！我替你把她赶走就是了。说起这个东西，倒也怪可怜的，好不容易才找到了一个替身；我也不忍心一下子伤害她的生命。"于是就交给姓王的一个拂尘①，叫他挂在卧房的门口。临

---

① 拂尘：是掸灰尘和驱蚊蝇的一种工具，也称拂子，多半是用马尾巴毛做的。

走的时候,两人约定下次在青帝庙碰头。

姓王的回家以后,不敢再走进书房,便睡在内室里,并把那个拂尘挂在门口。大约到了一更天的时候,他听到门外有了轻微的脚步声,他连忙把头缩在被窝里,却叫他的妻子去偷看。只见一个女子走来,看到了道士的拂尘,便不敢继续向前走;只是站在那儿,把牙齿咬得格格地响。过了好久,才恨恨地离开。不一会儿,她又转了回来,骂着说:"该死的老道!竟来吓你老娘!难道说吃到嘴里的东西还吐出来不成?"说着,便取下拂尘,把它扯得粉碎。她又用力地撞破房门,一直走到姓王的床前,撕开他的肚皮,掏出他的心脏,然后才扬长而去。

姓王的妻子吓坏了,过了半天,才大喊救命。丫鬟们听到喊声,都一起跑了进来,点亮蜡烛一照,发现姓王的已经死了,肚子里的血,流得到处都是。陈氏看了,又害怕,又伤心,只是默默地流着眼泪,一时也不敢张扬开来。

第二天,陈氏叫弟弟二郎到青帝庙去告诉道士。道士听了,大为光火,咬牙切齿地说:"可恼呀!可恼!我本来是可怜她,才留下她这一条小命,没想到她的胆子竟然这样大!"说着,就跟二郎到姓王的家里来。这时,那女鬼已经不见了。道士抬起头来向四面一看,说道:"还好,她未曾逃远。"又问:"南面的院子是什么人家?"二郎回答说:"我就住在那儿。"道士说:"现在那女鬼就在你家里。"二郎听了,大吃一惊,但以为不太可能。道士见他不信,便问道:"今天你家可有陌生人来?"二郎说:"我大清早赶到青帝庙去,还不晓得,待我回去问问看。"二郎去了一会儿,回来告诉道士说:"真有这么一回事。早上有个老太婆来,想要到我家帮佣,我妻子已经把她留下来了,现在还在那儿呢!"道士说:

"就是这个东西了。"便跟二郎一起回去。道士祭起木剑,站在院子当中,大声呼喝道:"恶魔!还我拂尘来!"那老太婆在房里,吓得面无人色,正待夺门而逃;道士追上去就是一剑,那老太婆倒在地上,人皮"砰"的一声掉了下来,化成了一个恶鬼,躺在地上叫得像猪嚎一样。道士用木剑砍下了她的头,她的身子竟化为一缕浓烟,在地上绕成一团。道士拿出一个葫芦,拔下塞子,放在烟的中间,那一团烟顷刻之间统统被吸了进去,就像人的嘴巴吸气一样。道士便把葫芦塞住,藏在袋子里。大家再看那张人皮,眉目手足没有一样是不完全的。道士把那张人皮卷了起来,声音如同卷起画轴一样。料理告一段落后,便准备辞别。

陈氏见道士要离去,就跪在门口请求道士救救她的丈夫。道士推说无法可想。陈氏听了,越发哭得悲伤,伏在地上不肯起来。道士沉思了一会儿说:"我的道行还不够,实在不能使你丈夫回生。不过我可以告诉你一个人,他也许能帮你的忙。"陈氏问这个人是谁?道士说:"街上有个疯子,时常睡在肮脏的泥土上。你可以去哀求他。假如他无理地羞辱你,你可千万不要动气。"二郎在旁,也牢牢记住了道士的吩咐,便和他作别,跟嫂嫂一起前往。他们看见那乞丐正疯疯癫癫地在路上高歌,鼻涕拖得好长,脏得让人没法子靠近。陈氏跪在地上慢慢往乞丐的前面移。乞丐笑着说:"美人儿可是看上了我?"陈氏便把来意告诉了他。乞丐又大笑说:"像你这样见了一个就爱一个的烂货,还有什么脸活着?"陈氏仍然哀求不已。乞丐说:"你这人也奇怪!丈夫死了要我来救活,我难道是阎罗王不成?"说着,就愤怒地用拐杖来打陈氏,陈氏强忍着痛楚,一点儿也不敢吭气。这时候,街上的人慢慢地聚集过来,围得就像一堵墙一样。乞丐突然在手上吐了一大口痰,然后把手伸向陈氏的嘴边，要她吃掉。陈氏涨红着脸，显得有些为难；可是一想到道士的吩咐，便硬着头皮把痰吞掉了。只觉得那痰进入了喉管以后，就像一团棉花一样，很难下咽，老是停在胸口。那乞丐看见陈氏吞下了痰，又大笑起来说："这美人还真是死心塌地地喜欢我呢！"于是，就头也不回地走了。陈氏和二郎在后面追赶，见他进入一个庙中，一闪就不见了。他们到处寻找，始终不见人影。心里真是又惭愧、又愤恨！

  陈氏回家以后，想到丈夫死得这么惨，自己又平白受到这般羞辱，哭得死去活来。当她清理血迹、收敛尸体的时候，家人只是站在一旁看，没有一个人敢靠近。陈氏抱着尸体，把肠子放回肚子里，一面料理，一面哭泣，连声音都哭哑了。这时，她突然觉得有点想吐，那梗在胸口的东西，也趁着这个时候直往外冲，她还来不及去接，就已经掉进了丈夫的胸腔。她仔细一看，原来是一颗人的心脏，还在胸腔里跳动呢！她惊讶极了，连忙用双手把裂开的胸腔合起来，摸摸尸体，居然渐渐有了热气。她把一床绸被子盖在丈夫的身体上，到了半夜起来看，姓王的又有了呼吸。天亮以后，便活了过来。姓王的说："我一直恍恍惚惚，好像在做梦一般，只觉得胸腔还隐隐约约地有点儿痛。"再看看他的伤口，已经结成铜钱一样大的疤，不久，便全好了。（改写自《画皮》）

【点评】

  美色的诱惑，往往使人丧失心智。姓王的自己贪图美色，却让他的妻子用极大的屈辱做代价。所谓"天道好还"，我们读了能不警惕吗？

荒寺女鬼

　　浙江人宁采臣,生性豪爽,举止方正,一向珍惜自己的羽毛。他时常对人说:"生平不好女色。"有一次,他到了金华,在城北的一座寺庙里歇脚。寺庙里的大殿和宝塔建筑得非常壮丽,可是杂草却长得有一人多高,好像没有什么人来往。大殿的东角,是片竹林,大大小小的竹子,长得很茂密。台阶的下面,有一个很大的池塘,池塘里的野荷花正盛开着。东西两面的僧房,门是虚掩着的,把门推开,里面竟空无一人,触目所见,尽是蛛网灰尘。宁采臣想:"城里的房租很贵,难得寺里如此清幽,何不暂时在这儿落脚?"主意已定,便放下肩上的行李,在西面僧房住了下来。

　　那天夜晚,月亮分外的皎洁,月光像水色一样。宁采臣初到一个环境,翻来覆去地怎样也睡不着。他索性披起衣服,踏着月色,到处走走。他走到一个短墙底下,听见有人窃窃私语,好像那里有个住家似的;于是他就从墙的缺口,偷偷向外张望。原来短墙的外面,是一个小院子,院子里有一个妇人,大约四十来岁,还有一个老婆子,穿着褐色的长衣,头上插着一把大银梳,一副老态龙钟的样子,正跟那妇人在谈话。那妇人说:"小倩怎么还未来?"老婆子说:"差不多要来了。"妇人又问:"是不是她又跟姥姥说了些埋怨的话?"老婆子说:"没听她说什么,只是看那样子,好像有点不高兴。"妇人说:"这个丫头可不是好对付的。"话还未说完,就有一个十七八岁的女郎走过来,看上去很漂亮。老婆子笑着说:

"背地里不说人家的是非。我俩正谈着你,你这小妖精就不声不响地来了。好在我们没有说你什么坏话。"接着又说,"小娘子真像是画中的美女,假如我是男人,我的魂魄也会被你摄去的。"那女郎撒娇说:"姥姥不说我好,那还有谁说我好呢?"接着那妇人和女郎之间又不知说了些什么话。

宁采臣以为这几个女人都是邻居的家眷,就不再听她们谈话,回去睡觉了。正要睡着,便觉得有人来到他睡的地方。赶忙从床上跳起来,仔细一瞧,竟是刚刚见过的那个女郎。他大吃一惊,问她来做什么。女郎说:"月色这样美好,一个人实在睡不着,想跟你做个伴。"宁采臣立刻板起脸孔说:"请你放庄重些!你不怕人家说闲话,我可是怕人家指责的。我宁某一向谨慎,绝不会因此把道德廉耻断送!"女郎说:"现在夜已深了,不会有人知道的。"宁采臣又拒绝了她。女郎退了几步,还想说话。宁采臣呵斥道:"赶快给我走!不然,我就要大声嚷嚷了。"那女郎这才害怕,退了出去。

那女郎走到门外不久,又折了回来,手里拿着一锭黄金放在宁采臣的褥子上。宁采臣看都不看一眼,抓起来就往门外的台阶上扔,生气地说:"这种不义的东西,我还嫌它弄脏了我的行囊呢!"女郎被他说得无地自容,不声不响地走了出去;一面拾起黄金,一面自言自语地说:"这汉子的心肠大概是铁打的!"

第二天早上,有一个兰溪①书生,带着一个仆人来到庙中,预备参加考试,住在东面的厢房里。到了夜晚,他突然死了。只见他的脚掌心有个小孔,就像被锥子刺的一样,血水一滴滴地从孔里渗出来,大家都不知道是什么原因。过了一夜,那个仆人也死了,症

---

① 兰溪:清代县名,今浙江省兰溪市。

状完全和他的主人一样。

那天夜晚，该女郎又来了，她跟宁采臣说："我的名字叫聂小倩，十八岁的时候就死了，葬在寺庙的旁边，经常被那些妖怪胁迫，做些伤天害理的事。凡是跟我亲近的人，我便暗地用锥子刺他的脚心，使他昏迷过去，然后再吸他的血，供那两个妖怪饮用。或者拿些黄金去诱惑他——其实并不是真正的黄金，而是罗刹鬼的骨头；只要对方接受了，就可以挖取他的心肝。金钱和女色，都是一般人所喜爱的。因为你刚正不阿，不为这两样东西所诱惑，所以才能逃过这次劫难。我也被您的人格所感化，决心摆脱那两个妖怪的控制，不再害人。"（改写自《聂小倩》）

【点评】

妖邪永远胜不了正道；宁采臣所秉持的是读书人的一种"慎独"的功夫，所以才能抵制美色与金钱的诱惑，也保住了自己的名誉和性命。兰溪书生的死，正与宁采臣的行径，做了一个鲜明的对照。

张氏兄弟

明朝末年，山东大乱，张炳之带了妻子离开家乡到他乡去避难。走在半路上，他的妻子被乱兵抢走了。张炳之到了河南，便在那儿安家落户，并娶了当地的一个女子为妻，生了个儿子名叫张讷。没有多久，新娶的妻子也死了，他又娶了一个姓牛的妇人为继室，生

张氏兄弟

了个儿子名叫张诚。这位牛氏非常泼辣,视炳之前妻所生的张讷为眼中钉,把他当作奴隶一般使唤。每天只给他吃一些粗糙的食物,并且要他去砍柴;如果砍不到一担,就得挨打挨骂,那种日子简直不是人过的。可是牛氏对自己的儿子张诚却相当好,每天都藏些可口的食物给他吃,并且让他跟私塾里的老师读书。

张诚渐渐地长大了,本性很孝顺,对兄长也极敬爱,看到了哥哥的劳苦,很不忍心,背地里常常劝母亲不要那样,母亲总是不听。有一天,张讷上山砍柴,遇到了一场大风雨,就到岩石下躲避。等到雨停了,天也黑了,肚子饿得咕噜咕噜响,于是就背着柴火回家了。母亲检视一下,发现砍来的柴火不到一担,非常生气,不让张讷吃饭;张讷饿得不得了,心里就像是一团火在燃烧,走进卧室,直挺挺地躺着。张诚从私塾里回来,看到哥哥一副有气无力的样子,就问道:"哥哥可是生病了?"张讷说:"病倒是没有,只是肚子有点饿罢了!"张诚探问原因,张讷便照实地告诉了他。张诚一声不响,凄恻地离开了。不久,张诚从怀里拿出一块饼来给哥哥吃,哥哥问他从哪里得来的。张诚说:"我偷了面粉请邻妇做的,你只管吃,不要多说话。"张讷吃了,嘱咐弟弟说:"以后可别这样了,被母亲发现了,恐怕会连累到你。况且,每天吃一顿,也不至于饿死呀。"张诚说:"哥哥身体向来就衰弱,不吃东西,怎么能砍那么多的柴?"第二天,吃过了早饭,张诚就偷偷地上山,到哥哥砍柴的地方。哥哥见了,惊讶地问:"弟弟,你来干什么?"张诚回答说:"我是来帮哥哥砍柴的。"张讷又问:"是谁叫你来的?"张诚说:"是我自个儿来的。"哥哥说:"且不说弟弟不会砍柴,你即使会,还是不行的。"于是便赶弟弟回去。张诚不肯,执意要帮哥哥把柴火折断,并且说:"明天我还会带斧头来。"哥哥走上前去阻止他。看到他的指头刮破了，鞋子也穿孔了，悲痛地说："你再不赶快回去，我就用斧头砍断自己的脖子！"张诚这才回去。张讷送到了半途，才回到自己砍柴的地方。

张讷砍完柴火回去，到私塾中嘱咐张诚的老师说："我的弟弟年纪小，请不要让他乱跑。山里的老虎多极了。"老师说："今儿上午，他不知道跑到哪儿去了，我已经打了他几板子。"张讷回去告诉张诚说："不听我的话，今天可挨板子了。"张诚笑着说："没这回事儿。"第二天，张诚藏着斧头又到山里去。哥哥惊骇地说："我一再地告诉你别来，为什么老是不听话呢？"张诚也不答腔，只是拼命地砍柴，汗水流满了下巴，也不肯稍微休息。大约砍足了一捆柴火，就不声不响地回去了。老师又责罚他，张诚便把实情告诉了老师。老师赞叹他的孝悌，也就不再禁止他。哥哥屡次劝阻他，他始终不肯听从。

有一天，张家兄弟和一些人在山中砍柴，冷不防地来了一只老虎，众人害怕地伏在地上，老虎居然把张诚给衔走了。老虎衔着人，行动比较缓慢，被张讷追上，用斧头猛力砍去，砍中了老虎的大腿。老虎痛得拼命地跑，张讷追赶不上，便失去了弟弟的踪迹，只好痛哭着回家。众人越是宽慰他，他哭得越是悲伤。他说："我的弟弟，可不同于别人家的弟弟，何况他是为我而死，我还活着干什么！"于是就用斧头砍自己的脖子。众人虽然急忙地拉住他，可是斧头已经深入了肉中一寸左右，鲜血直冒，人便昏迷了过去。众人看到这种情形，非常害怕，就撕裂了衣服把他的伤口包扎起来，一起扶着他回家。母亲见到了，又哭又骂："你害死了我的儿子，想要用这种方法来抵偿你的罪过吗？"张讷呻吟着说："母亲，您别烦恼。弟弟死了，我也一定不会活下去的。"众人把他放在榻上，

张氏兄弟

伤口痛得不能睡觉，只能夜以继日地靠着墙壁，坐在那儿哭泣。父亲恐怕他也要死去，经常来到榻前喂东西给他吃。牛氏看到了，又是百般地责骂，张讷因此也就不吃东西了。过了三天，病况更加严重，又昏迷了过去。恍惚之间，张讷仿佛来到了一处旷野，抬头望去，看见云端站着一位巨人，光芒照彻上下，张讷知道是菩萨显现，慌忙下跪。菩萨用杨柳枝遍洒甘露，水珠细小得像尘雾一般，不久，雾不见了，光也消失了。张讷觉得颈上沾了露水，伤口不再作痛，便悠悠地醒了过来。这时，他已经昏迷了两天了。他摸摸颈上的创痕，竟然奇迹般地愈合了。他自己勉强地站起来，拜见父亲说："我纵然上天下海也要把弟弟找到；如果找不到，我这一辈子再也不回来了。希望父亲只当我这个儿子已经死了。"他的父亲把他引到没人的地方，痛哭了一场，也不敢把他留下来，张讷便走了。

张讷每到一个交通要道，就探访弟弟的消息；路上盘缠用光了，就一边乞食，一边寻找。过了一年，到了金陵①，衣裳千孔百结，破烂得不得了。有一天，他缩着身子在路上走，适巧碰见十几个人骑马经过。他慌忙地闪避到路旁。其中有个人作官员打扮，年龄约四十来岁，矫健的士卒，雄壮的马匹，在前后簇拥着。另外一个年轻人，骑着一匹小马，不断地回头看张讷。张讷以为他是一位贵公子，不敢抬头看他。年轻人忽然停在张讷跟前，从马背上跳了下来，叫着说："这不是我哥哥吗？"张讷抬起头来端详，居然就是他的弟弟张诚。他握着弟弟的手，痛哭失声。张诚也哭着说："哥哥怎么落魄到这般田地？"张讷把经过情形说了一遍，张诚更加地悲痛。那些骑在马上的人都下来问明原因，向官员报告。官员下令空下一

---

① 金陵：古地名，今江苏南京市。

聊斋志异：瓜棚下的怪谭

匹马来给张讷骑。这样，一直回到长官的家中，张诚才说明了事情的始末。起初，老虎把张诚衔走了，不知在什么时候，把他放在路边，他在路边整整地挨过了一夜，正巧张别驾①从都城回来，经过他身旁，见他相貌斯文，动了怜悯之心，就把他救醒了。张诚醒来之后，虽曾提到他所居的乡里，可是由于距离此地已很遥远，别驾便用车子把他载了回去。又用药涂抹他的伤处，过了几天才痊愈。别驾没有儿子，就收了他做养子。所以刚才跟别驾出来游玩。兄弟俩正说着，张别驾进来了，张讷拜谢不已。张诚进入房中，捧着绸衣出来给哥哥穿，并且摆好酒席，边吃边谈。别驾问道："你的家族在河南，有多少人口？"张讷说："没有。父亲本来是山东人，后来流落在河南。"张别驾说："我也是山东人。你的乡里归哪里管辖？"张讷回答说："曾听父亲说过，归东昌县②管辖。"张别驾听了吃惊地说："你是我的同乡啊！你家又为什么要搬到河南去呢？"张讷说："明朝末年，清兵入境，把前母掳走了。父亲因为遭到战火而倾家荡产。他早先在西部道上做买卖，来往都经过河南，所以对那儿很熟悉，便在那儿定居下来。"张别驾瞪大了眼睛望着他，又低下头，好像有几分怀疑，而后急忙地走进了内室。没有多久，太夫人出来了。大家围着拜见她，行过了礼，太夫人问张讷说："你是张炳之的孩子吗？"张讷回答说："是的。"太夫人大哭了起来，告诉张别驾说："他是你的弟弟呢！"张讷兄弟听了，如同丈二金刚，摸不着头脑。太夫人说："我嫁给你们父亲的第三年，逃避战祸流离到北方，跟一个名叫黑固山的指挥③生活了半年，生下了你

---

① 别驾：为州郡首长的佐官，也称通判。
② 东昌县：今山东聊城市。
③ 指挥：清代武官的名称，地位权任都轻，并不实际统辖兵马。

们的哥哥。又过了半年，黑固山死了，你们的哥哥因为他父亲的庇荫补了这个官职，现在已经卸任。我时时刻刻都怀念着家乡，于是更正了户籍，恢复了旧姓。每次派人到山东去打探，都得不到一点儿音讯，哪里知道你们父亲又西迁了呢？"接着又对张别驾说："你把弟弟当作儿子，实在罪过！"张别驾说："从前我问过诚弟，诚弟未曾说过他是山东人，大概是年纪小，记不得了。"于是依年龄为序：张别驾四十一岁，是老大；张诚十六岁，最小，是老幺；张讷二十二岁，由老大改为老二。

　　张别驾得了两个弟弟，非常高兴，又跟他们一起居处，完全了解了离散的根由，就打算一道回去。太夫人怕不被牛氏接纳。张别驾说："肯接纳，我们就在一起生活；不肯接纳，我们就分开来住。天下哪里有个没有父亲的地方？"于是卖了房舍，整治行装，决定了日期，向西出发。到了乡里之后，张讷和张诚先跑去禀报父亲。自张讷离去后，牛氏不久也死了，他们的父亲成了一个孤独的老头儿，每天伴着自己的影子过活。他忽然看见张讷回来，喜出望外，恍恍惚惚地惊疑起来；又看见张诚，高兴得不得了，竟然一句话也说不出，眼泪簌簌地流了下来。兄弟二人又告诉张别驾母子来到，老头儿听了，止住了眼泪，非常惊讶，一时不知道该喜，还是该悲，只是痴痴地站着。不久，张别驾进来，拜见过父亲；太夫人也进来拉着老头儿的手相对而哭。张诚见不到母亲，一问才知道已经死了，便哭得昏了过去，过了一顿饭的工夫才醒过来。

　　从此，这个分散的家庭又团圆了，一家大小又过着快快乐乐的日子。（改写自《张诚》）

【点评】

　　这是一篇感人至深的小说，蒲松龄自己说，在完稿的时候，曾经为它一再流泪。那兄弟间纯洁诚挚的亲情，家人分散的悲哀，以及重逢的惊喜，一再震动我们的心弦。生活在一个天伦美满的家庭里，我们能不珍惜这份幸福吗？

口技

　　村子里来了一个女子，年龄约二十四五岁，带着一口药箱，以替人看病为业。有人到她那儿去求诊，那女子并不能亲自处方，一定要等到夜晚，向神仙请示以后，才能决定用药的种类和分量。

　　到了夜晚，她把小房间收拾得干干净净，然后在里面闩起门来。旁的人既然进不去，便围在门窗外面倾听，他们只敢小声地交谈，连咳嗽都不敢发出大声来。一时间门里门外，静悄悄的，没有一点儿声息。

　　大约到了半更天的时候，忽然听到掀开门帘的声音。那女子在里面说："九姑来了吗？"另外一个女子回答说："来了。"那女子又说："蜡梅，你也跟着九姑来啦？"这时，有一个婢女般的声音回答说："是的，我也跟着来了。"于是三个女子便你一言我一语的，絮絮叨叨个没完。

　　不久，又听到了帘钩响动的声音，那女子说："准是六姑来了。"

接着便听到大家乱哄哄地说:"春梅,你也抱着小少爷来啦?"那个被唤为春梅的女子回答说:"这孩子的脾气真拗!哄着他,他也不肯睡,一定要跟着太太来。又长得胖嘟嘟的,抱得我累死了。"

接着,传出那女子热忱招待的声音,九姑问候的声音,六姑寒暄的声音,两个婢女互相慰问的声音,小娃娃嬉笑的声音,七嘴八舌地吵成一团。随后,又听到女子笑着说:"这孩子真好玩,居然打老远的地方抱了一只小猫来!"

渐渐地,声音沉寂了下去。忽然,帘子又响了起来,这时候,整个房里的人都起哄说:"四姑怎么来得这么晚!"只听到有一个女子细声细气地回答说:"一千多里的路,同姑姑走了这么久才到。你们又不知道,姑姑走得有多慢!"于是,互相嘘寒问暖的声音,移动椅子的声音,命人添加座位的声音,此起彼落,整个房间闹哄哄的,过了一顿饭的时间,才静了下来。

接着,便听到那女子询问大家,病要怎么治法?九姑认为该用人参,六姑认为该用黄芪,四姑认为该用白术。研商了一会儿,便听到九姑叫人把笔砚拿过来。没有多久,就听到折纸头的声,放铜笔套的声,磨墨的声;接着,又听到丢下笔,笔杆碰到桌子的声,以及撮药包裹的声。过了一会儿,那女子推开门帘出来,把药和药方交给了病人,然后转身走回房里。

她回到房里以后,就传出三个姑姑告别的声音,三个婢女告别的声音,小娃娃咿咿呀呀的声音,小猫儿咪呜咪呜的声音。九姑的声音清脆而嘹亮,六姑的声音缓慢而苍老,四姑的声音娇嫩而婉转;其他三个婢女的声音,也各有特色,可以很清楚地分辨出来。

起初,人们还很惊奇,以为她是神呢!后来,试试她所开的药方，并没有什么效验。这大概就是所谓口技；她不过借这个玩意儿来招揽生意罢了。可是，她的本领也够叫人佩服的了。（改写自《口技》）

【点评】

"口技"是一种民间技艺，蒲松龄以极精简的文字来描绘极抽象的声音，使我们由声音的描写，再想象到故事中人物的动作和面貌，教我们不得不佩服他卓越的艺术才能。

柳家的盛衰

保定①有个名叫柳芳华的富豪，为人非常慷慨，又喜欢结交朋友，家里经常供养着百把个客人。只要听说某人有了困难，他就急得像自己的事情一样，纵然是花上千百两银子，也在所不惜。他的一些食客和朋友，见他大方，借了钱也就往往不还。只有一个名叫宫梦弼的陕西人，向来对他没有什么需索。他每次到柳家来，一住就是一年。他的谈吐非常脱俗，柳芳华很是敬重他，跟他十分亲近。

柳芳华只有一个儿子，名叫柳和，那时十来岁，一向称呼宫梦弼为叔叔。宫梦弼也喜欢跟这个小侄儿玩。每次柳和从学堂里回

---

① 保定：清代府名，府治今河北省清苑区。

来，就同他做埋黄金的游戏——把地砖翻开，然后把石子当作黄金埋下去。柳家的五栋房屋，被他们挖挖埋埋的，几乎没有一块地方是完好的。大家都笑宫梦弼孩子气，只有柳和喜爱他，比对待其他客人要亲热得多。

过了十多年，柳家渐渐衰落了，没法子再供应许多客人的需索，客人也就一天天地少了起来。可是十几个人在一块儿通宵地吃喝清谈，还是常有的事。这样，挨到了年终岁尾，日子就更加不容易打发了。柳芳华一向不善经营，只有陆陆续续地把土地卖掉，用得来的收入供养客人。柳和也素来挥霍惯了，学着他父亲的样儿，结交一些年轻朋友；柳芳华并不加以阻止。

不久，柳芳华病死了，家里居然连买棺材的钱都拿不出来。宫梦弼便自掏腰包，替柳家料理丧事。因此，柳和也就更加感激他，事情不论大小，统统请宫叔叔决定。宫梦弼从外面回来，衣袖里时常带着一些瓦片，到家以后，就把它往阴暗的角落里一扔，大家也不明白是什么意思。

柳和常常对宫梦弼叫穷。宫梦弼说："你还未吃过苦，不知道生活的艰辛。不要说你现在没有钱，就是给你一千两银子，你也可以马上把它花个精光。一个男子汉，怕的是不能自立，贫穷有什么可忧的呢？"

有一天，宫梦弼来跟柳和辞行，说要回家乡去。柳和心里很难过，泪眼汪汪地求他早些回来，宫梦弼"嗯"了两声就走了。过了一阵子，柳和穷得连自己的生活都维持不下去了，典的典，当的当，一些值钱的东西都搞光了。每天眼巴巴地盼着宫梦弼回来，好替他张罗张罗，可是宫梦弼居然销声匿迹，连个人影儿都看不到了。

聊斋志异：瓜棚下的怪谭

从前柳芳华在世的时候，曾经为柳和跟无极①的黄家定过一门亲事，黄家家境很好，后来听说柳家穷了，就有了反悔的意思。柳芳华死了，给他家报丧，居然没有一个人来吊慰。当时，柳和还以为是路途太远的关系，也就没有把这件事放在心上。等到柳和三年丧满，他母亲便叫他到岳家去，商决一下婚期；同时也希望黄家能同情他们的处境，稍微照顾一下。柳和到了黄家，他岳父听说他穿得破破烂烂的，就叫门房不要放他进来。并且传话给他说："回去搞一百两银子，就可以再来；要是搞不到的话，两家从此一刀两断！"柳和听了，号啕大哭。黄家对门有一个姓刘的老太太，见他可怜，就留他吃饭，并且送给他三百个铜钱，宽慰了一番，劝他回去。

柳和的母亲听说黄家这样薄情寡义，也非常悲愤，可是一时也没什么法子可想。后来她想起从前来往的一些客人，欠他们家钱不还的有十之八九，就叫柳和找几个家境好的，请他们帮帮忙。柳和说："从前那些人跟我们交往，都是为了我们家的钱。假如我今天还是高车大马的，就是借上千百两银子，也不会难到哪里去。像目前这种景况，谁还会想到从前给他的好处？谁还会记得过去的交情？况且，父亲拿钱给人家，一不要保证，二不要收据，凭什么找人家还钱？"话虽如此说，母亲还是叫他去试试。柳和也就照着母亲的话做了。他前后跑了二十多天，都没有弄到一分钱。只有一个戏子名叫李四的，曾经受过柳芳华的好处，听到了这种情况，慷慨地送了他一两银子。母子俩见借不到钱，便搂抱着痛哭了一场。从此，一切的指望都没有了。

黄家女儿已经十五六岁了，听说父亲和柳和断绝了关系，心

---

① 无极：清代县名，今河北省无极县。

里很不以为然。她父亲要她嫁旁人。她流着眼泪说:"柳公子不是生来就贫穷的。假如他现在比从前更富有,谁能从他那里把我抢走呢?因为一时的贫穷就抛弃了他,这是很不厚道的!"她父亲很不高兴,百般地开导她,她的意志还是不动摇。

没有多久,黄家遭到了盗匪的抢劫,老夫妇二人受尽了苦刑,几乎送掉老命,家里的钱财也被搜刮一空。辗转又过了三年,家道更加衰落。这时,有一个在西面道上做买卖的商人,听说黄家女儿长得很美,便送了五十两银子给黄老头作聘礼,黄老头贪图那笔钱财,就答应了他的要求,准备强迫自己的女儿嫁给他。黄家女儿发现了父亲的企图,便故意弄破衣服,又把脸孔涂得脏兮兮的,趁着夜晚逃走了。她一面走,一面讨饭,经过两个月,才到达保定。她打听到了柳家的地址,便直接找上门来。起先,柳和的母亲还以为她是个女叫花子,所以吆喝她走。那黄家女儿便把事情的经过讲了一遍,柳和的母亲听了,感动得流下泪来,抓紧她的手问道:"儿啊!你怎么变得这副模样呢?"黄家女儿又神情黯然地把原因告诉她。婆媳两人搂着痛哭了一场。柳和的母亲便招呼她去洗漱。洗好出来,又露出了姣好的脸孔,眉目之间散发着动人的光彩。柳和跟他的母亲,都很高兴。可是一家三口,每天只能吃一顿饭。母亲流着泪说:"我们母子俩是命中注定要过这种穷日子的;让我难过的是,拖累了你这个好媳妇。"媳妇笑着宽慰婆婆说:"媳妇也讨过饭,吃过苦,拿我从前的生活跟现在相比,就好像从地狱升到天堂里呢!"她的话说得婆婆笑了起来。

有一天,媳妇到空房子里去,看见满屋都是尘埃,黑暗的角落里好像有什么东西堆积着,用脚一踢,居然踢不动,拾起来一看,统统是上好的银两。她大吃一惊,便跑去告诉柳和。柳和跟着她一同来看,原来那宫梦弼从前所扔的瓦片,全变成了白花花的银子,于是柳和记起了小时候曾经跟宫梦弼叔叔在屋里埋石子的事,心想:"那些石子该不会都变成白银吧?"可是那老房子已经押给邻居了,于是他赶忙去把它赎了回来。他看见地砖有的已经断裂残缺了,底下所埋的石子,清清楚楚地露了出来,他感到非常失望。等到挖开其他的地砖一看,底下果然是白亮亮的银锭。转眼之间,他又成了百万富翁。于是便把卖出去的田产赎了回来,又买了一些奴仆,家里比从前还要豪华气派。他自我勉励道:"如果不能自立,便辜负了我宫叔叔的安排!"于是他立志读书,三年之后,就考中了举人。这时,他想起了雪中送炭的刘老太太,就带了一百两银子亲自去酬谢她。他的衣服鲜艳耀眼;在后面跟随的十几个仆人,个个都骑着高头大马。刘老太太只有一间小屋,柳和便坐在床上和她叙旧。一时人叫马嘶,充塞了整个巷子。

再说那黄老头,自从女儿失踪以后,那商人就逼着他退还聘金。可是,他已经把钱花得只剩一半了,只好把自己住的房子卖掉来还债。因此,他穷困的情形,跟从前的柳和差不多。他听说从前的未婚女婿非常风光,只好关起门来自怨自伤一番。刘老太太又买酒,又备饭,热忱地招待柳和。她盛赞黄家女儿的贤德,而且对于她的失踪很感到惋惜。她问柳和娶妻没有,柳和说已经娶了。吃完了饭,柳和硬邀刘老太太去看看他的新媳妇,用车子载着她一起回家。到了家里,柳和的妻子盛妆而出,在丫鬟们的簇拥下,就像天仙一样。刘老太太见了,大吃一惊,于是两人便谈起过去的事来,黄家女儿一再关切地问起她父母的生活状况。刘老太太待了几天,柳家招待得无微不至,给她赶制了几套衣服,从头到脚都是新的,这才把她送了回去。

刘老太太回去以后,就到黄家去,把他们女儿的近况说了一遍;同时把她请安的话也带到了。黄老头夫妇听了,大吃一惊。刘老太太见他们日子难过,就劝他们去投奔女儿,黄老头觉得拉不下脸来。后来,他实在受不了那又冻又饿的日子,才硬着头皮到保定去。

　　他到了柳家,看见房屋又高大又美丽,门房眼睛鼓得大大的,整天都不给他通报。后来看到一个妇人出来,黄老头便低声下气地把姓名告诉她,请她偷偷通知女儿。那妇人进去了一会儿,又走出来,把黄老头引到一间偏房里,对他说:"少奶奶很想来见您老人家,可是怕少爷知道了不高兴,待有机会就会来看您。老爷子几时到保定的?该饿了吧?"黄老头于是把自己的苦况说了一说,那妇人便拿了一壶酒,两碟小菜,五十两银子放在黄老头的前面,跟他说:"少爷正在房里宴客,少奶奶恐怕来不成了。明天早上您最好早一点儿走,不要让少爷晓得。"黄老头满口答应了。第二天,黄老头一大早起来,收拾好行李要动身回家,可是大门还未打开,他只好守在门的中央,坐在行李上等着开门。忽然,有人嚷着主人出来了,黄老头闪避不及,被柳和撞个正着。柳和责问他是什么人。仆人都没法子回答。柳和光火地说:"这家伙一定不是好东西,快把他绑起来送到官府去!"那些仆人们应声出来,不由分说,便用一根短绳把他结结实实地绑在树上。黄老头又惭愧,又害怕,一句话也说不出来。不久,昨天那个妇人出来了,她跪着说:"他是我的舅爷,因为昨天夜里来晚了,所以未向主人禀告。"柳和叫人松绑,妇人把黄老头送出门说:"我忘记告诉门房,以致弄出了差错。少奶奶说,要是想念她,可以请老夫人假扮成卖花的妇人,同刘老太太一起来。"黄老头答应了。回去以后,便把这些话告诉了老婆子。老婆子很想念女儿,就急巴巴地去找刘老太太,刘老太太果然答应了她的请求，跟她一起到柳家来。她们一连经过了十几道门，才走到女儿的住处。

她女儿上半截罩着披肩，下半截穿着绮罗，满头珠光宝气的，身上散发着沁人的幽香。她的嘴巴轻轻地动了一下，那些丫鬟使女，老的少的统统跑过来侍候。她们把金饰的靠椅搬过来让她躺着，并且在她旁边摆了一对竹夫人①。伶俐的丫鬟泡茶的泡茶，捶背的捶背，那种气派和享受，连王公贵族的夫人都比不上。老太婆和女儿当着众人的面，有许多话都不便明说，只能嘘寒问暖一番，两人眼里都闪着晶莹的泪光。

到了晚上，女儿叫人清理了一个房间，安顿两位老人家住宿，那又轻又暖的被褥，就是从前富裕的时候也未曾盖过。住了三五天，女儿招待得非常周到，老太婆常把女儿引到没人的地方，痛哭流涕地忏悔从前的不是。女儿说："我们娘儿俩，有什么错处不能忘掉呢？只是你女婿那儿到现在还是气愤难消，暂时不让他知道也好。"因此，每次柳和一来，老太婆便远远地避开。

有一天，母女两人正挨着坐，柳和突然走了进来，见了这般情景，非常生气，就骂道："哪里来的乡下老太婆，竟敢跟少奶奶坐在一处！该把你头上的几根毛全部拔光！"刘老太太连忙解释说："这是我的亲戚，卖花的王嫂。请少爷不要见怪！"柳和听了，赶忙跟刘老太太道歉。坐下来以后，便问她说："老妈妈来了几天，我因为太忙，一直没跟您老人家谈谈。黄家那两个老东西，还没死吧？"刘老太太回答说："身体倒还硬朗，只是穷得像鬼一样。少爷您现在已经大富大贵了，怎么不看在岳婿的情分上照顾他一点

---

① 竹夫人：是用竹片编成，夏日放在床头，供人抱着取凉的一种器物。

儿?"刘老太太的这番话,又勾起了柳和的旧恨,他拍着桌子道:"从前要不是老妈妈赏我一碗粥吃,我恐怕老早就死在外头了。想起他们那时候的薄情寡义,现在恨不得剥了他们的皮当着垫子睡!我为什么还要管他们的死活?"说到激动的时候,便跺脚大骂!他妻子觉得他太过分了,就生气地说:"他们就是再不厚道,也是我的父母。我从老远的地方来投奔你,手起了皱,脚趾头也磨破了,自认没有什么对不起你的地方,你怎么可以当着我的面骂我的父母呢?"柳和想想,她说得也是,这才收起怒容转身离开。黄老太婆又惭愧,又懊丧,便告辞回家,女儿又偷偷地送了她二十两银子。

黄老太婆回去以后,好久都没有音讯。做女儿的深深地惦挂着她的父母,柳和便派人把他们请了来。那两个老夫妻羞愧得无地自容。柳和道歉说:"去年两位老人家来,家里的人都没有跟我说,害我在无意间得罪了你们。"那黄老头只是含糊地答应着。柳和便叫人替他们换上新衣新鞋;留他们住了一个多月,早晚都到跟前请安,就像对自己的父母一样。可是两位老夫妇,终究觉得心里不安,便一再地要告辞回家。柳和眼看没有法子挽留,便孝敬他们五百两银子,派车马把他们送了回去。他们得了这笔银子,晚年的生活也过得宽裕了。(改写自《宫梦弼》)

【点评】

社会有冷酷的一面,更有温暖的一面。在柳家兴旺的时候,固然是食客盈屋;但是在破落的时候,仍然得到一些人的支持或关注。这个故事的题材虽然极为庸俗,然而蒲松龄却用一支生花妙笔,把那些薄情寡义的人物的嘴脸,刻画得淋漓尽致。

山中仙缘

　　山西人罗子浮，八九岁的时候，父母就过世了，便依靠叔父罗大业过活。罗大业当时在教育部门做官，家境不错，由于没有子嗣，所以很疼子浮，把他当作亲生儿子一样看待。可是子浮却不太争气，十四岁的时候，由于受了坏人的引诱，偷了家里大把的金钱，逃到金陵去了。他在金陵，每天东游西荡的，不干一点儿正经事。不久，带在身边的金钱用完了，自己也染上了一身毒疮，只好靠乞讨度日。由于满身脓臭，街上的人见到了，都远远地避开他。

　　子浮生怕自己会死在异乡，就一边乞讨，一边向西走；每天走上三四十里，渐渐地到了山西边界。可是他一想到自己衣衫褴褛，满身脓污，便失去了回家的勇气，始终在邻近的几个乡邑打转。

　　有一天，太阳渐渐西沉了，子浮预备到山寺中去过夜。在路上，遇到了一个女郎，容貌像仙女一样美丽。女郎走过来问他到哪儿去，子浮照实回答了。女郎说："我是出家人，住在山洞里，可以找个地方给你住，在那里，可以不必担忧虎狼的袭击。"子浮大喜过望，就跟着女郎走了。

　　走到深山中，就看见一个洞府。洞口横着一条溪水，水上跨着一座石桥。又走上几步，看见两间石屋，通室光明，完全用不着灯烛。女郎叫子浮把破衣服脱了，在溪流里洗个澡。女郎说："只消泡一泡，身上的疮自然会好的。"又拉开帘幕，弄干净床褥催他去睡。说："你可以睡了，我要给你做条裤子呢。"于是拿了像芭

山中仙缘

蕉叶一样的大叶子，剪剪缝缝地做起衣服来。子浮躺在床上看着她做衣服，不到片刻，衣服就做好了。她把衣服折叠整齐放在床头，并且吩咐子浮天亮以后拿来穿。然后就在对面床上睡了。

子浮自从在溪水中洗过澡后，突然觉得伤口不痛了，摸一摸，居然已经结了痂。一觉醒来，天也亮了，心里暗暗地疑惑，那芭蕉叶子怎么能穿？可是取过来仔细一看，竟是滑溜溜的绿色锦缎。不久，女郎预备好了早餐。女郎拿了山中的树叶当作饼，吃起来就跟真饼的味道一样。又把叶子剪成鸡、鱼的形状，吃起来也和真的鸡、鱼味道没有什么不同。屋角有个坛子，储存着美酒，他们时时地舀来喝；每喝了一些，溪水就自动补充一些，一点儿也没有减少。

在女郎的照料下，子浮的疮痂很快就完全脱掉了，又恢复从前那副清秀的模样。子浮对于女郎很是感激，女郎也觉得他本质还不坏，彼此竟产生了情愫，成了夫妻。有一天，一个少妇忽然来到了洞中，笑着对女郎说："翩翩，你这小鬼头可真快活，把人给羡慕死了！"女郎迎过去笑着说："花城娘子，久不见芳驾光临，今天可是西南风吹得紧，把你吹送过来了！生了个小儿子吧？"花城娘子说："不瞒你说，我又生了个女娃儿。"女郎取笑道："花城娘子，你可真是个瓦窑①！为什么不抱来玩玩？"花城娘子说："刚刚哭了一会儿，已经睡着了。"于是主客一起坐下来喝酒。花城娘子打量了子浮一会儿说："你这小伙子，是哪世修来的好福气！"子浮也打量一下花城娘子：年龄大约二十三四岁，风姿撩人，不觉心里有了几分爱慕。剥果子吃的时候，故意失手让果子掉到桌子底下去，趁着拾果子的机会，偷偷地在花城娘子的脚上捏了一把。花

---

① 瓦窑：古时称生女儿为弄瓦，所以这里戏称专生女儿的妇人为瓦窑。

城娘子只是看着别处笑，一副若无其事的样子。子浮正在神魂颠倒的时候，忽然觉得身上的袍裤冷冰冰的，一点暖气也没有。再看看自己所穿的，竟统统成了秋天的黄叶。他心里吓得不得了，直挺挺地坐了一会儿，衣服才渐渐变成原来的样子。暗中庆幸两个女子没有发觉他身上的变化。过了一会儿，在碰酒杯的时候，子浮又趁机用指尖去搔花城娘子白细的手心。花城娘子很大方地谈笑，好像一点儿都没有察觉。当子浮的心跳得正厉害的时候，他身上的衣服竟又化为枯叶子；过了半天，才恢复原状。于是深深地省悟到自己的卑劣，摒绝了不该有的邪念。花城娘子笑着说："你家这一口子，不太规矩！如果不是你这个醋坛子管着他，他恐怕要上天咧！"女郎也冷冷一笑说："这个无情无义的东西，该让他冻死的！"两人拍手大笑起来。花城娘子起身告辞说："我那丫头要是醒了，恐怕要哭断肠子呢！"女郎也站起来打趣说："只管在这里勾引人家男人，那里还想得到小江城哭得死去活来？"

花城娘子走了之后，子浮很怕女郎会责骂他，可是女郎始终对待他跟平常一样。

日子一天一天地过去，秋深了，风也冷了，霜打在树上，叶子一片一片地落了下来。女郎拾起落叶，存些好的来御寒。她看到子浮有些怕冷，就拿了一方布巾拾取洞口的白云，当作棉絮塞在他的衣服里，穿起来就像新棉一样的温暖轻软。

又过了一年，女郎生了一个儿子，非常聪明，子浮和女郎每天在洞中以逗儿子为乐。可是子浮却常常想念故乡，就要求女郎和他一同回去。女郎说："我是不能跟你回去的；要不然的话，你就自个儿回去好了。"这样因循了两三年，儿子也渐渐长大了，便与花城娘子订为姻家。这时，子浮还是经常记挂年迈的叔叔。女郎说：

"阿叔的年纪固然很大了,幸亏还很健壮,你不需要牵肠挂肚的。等到保儿完婚以后,去留就可以随你的便了。"

女郎在洞中,往往取些树叶来写成书叫保儿念,保儿过目即能成诵。女郎说:"我这儿子长得一脸福相,如果让他到尘世间去,不怕没有大官做呢!"又过了些时候,保儿十四岁。花城娘子亲自把女儿送来。女儿打扮得很美,容光照人。子浮夫妻很高兴,全家在一块儿喝酒庆祝。翩翩用钗子敲着桌面歌唱道:

> 我有个好儿郎呀,
> 不羡慕厚禄高官。
> 我有个好媳妇呀,
> 不羡慕绫罗绸缎。
> 今晚的聚会呀,
> 大家都应该尽欢!
> 我为你们斟酒呀,
> 希望你们努力加餐!

花城娘子走后,父子两对,各在对屋居住。新媳妇很孝顺,依恋着公婆,就如同公婆自己生的女儿一样。

罗子浮又提到回去的事。女郎说:"你生就一副凡夫俗子的骨头,终究不能成仙;保儿也是富贵中人,你可以带他走,我不想耽误他的一生!"新媳妇想要跟她母亲告别,花城娘子正好也来了。儿女们都依依不舍,眼泪簌簌地流了下来。两位母亲安慰他们说:"姑且去一阵子再说,还是可以回来的呀!"于是翩翩就把树叶剪成了驴子,让三个人骑着回去。

这时候罗大业已告老退休,过着悠游的林泉生活。他原以为侄儿早已死了,忽然见他带了漂亮的孙子和孙媳回来,高兴得像得了宝贝一样。三人一进门,各自看看所穿的衣服,竟统统变成了芭蕉的叶子;再把衣服拆开来看,里面的棉絮都化成了白云,冉冉地飘走了。于是大家一同换上了人间的衣服。

后来,子浮思念翩翩,带着儿子一起去探视,只见黄叶满径,白云弥漫,再也找不到原来的地方了。(改写自《翩翩》)

【点评】

这是一篇美丽的寓言,充满了奇幻的色彩。罗子浮虽然是个纨绔子弟,但是他一旦幡然悔改,仍能得到仙女的垂青。在这里,脓疮所代表的是他的龌龊的灵魂;洗濯它的溪流,正是人类高尚的情操和德义。一个切实领会生命真旨的人,就譬如故事中的女主角一样,叶可以餐,云可以衣,无处不是仙境。

稚子的灵魂

明朝宣德①年间,宫廷里流行斗蟋蟀的游戏,每年都要下命令叫老百姓缴纳许多蟋蟀。

这玩意儿本来不是西部的出产。华阴县②的县官为了讨好他的

---

① 宣德:明宣宗年号(1426—1435)。
② 华阴县:今陕西省华阴市。

稚子的灵魂

长官,贡献了一只蟋蟀,上面的人试过之后,发现它很会斗,因此命令华阴县常常供应。县官往下面压,要求乡长办好这件差使。一些游手好闲的少年,捉到了好的蟋蟀就关在笼子里养,提高它的价钱,当作珍贵的物品出卖。乡里那些狡猾的差官,假借催缴蟋蟀的名义向老百姓诈财,乡民们每每为了一只蟋蟀,而弄得倾家荡产。

有个叫成名的书生,为人忠厚老实,好几年都没有考上秀才,于是那些狡猾的差役便欺负他,推举他做乡长;他想尽了办法,也无法逃脱这个苦差事。不到一年,一点微薄的产业都贴光了。

又到了缴纳蟋蟀的时候了,成名老实,不敢向乡民征收,而又没有钱可以贴补,焦急得想要自杀。

他的妻子说:"自杀又有什么用呢?还不如自己去寻找,说不定捉到那么一只,不是很好吗?"成名觉得妻子说得很有道理,便早出晚归,提着竹筒和笼子,跑到乱土堆、杂草丛里,挖开石头,掘开洞穴,什么地方都找遍了,任何法子都用尽了,却一点收获都没有。即使好不容易捉到三两只,也都是又小又瘦的,不合于缴交的条件。

上面催迫得很紧,定下了最后的期限。过了十多天,成名仍然缴不出来,终于被拉到县衙打了一百大板,屁股被打得红肿溃烂,流血、流脓,蟋蟀也不能去捉了,痛苦地趴在床上,左思右想,除了自杀以外,还是没有一点办法。

这时村子里来了一个驼背的巫婆,能够代人求神问卦。成名的妻子也准备了一些香钱前往,请求神灵的指点。到了那里,见到老老少少的妇人挤满一门,简直是水泄不通。她好不容易挤了进去,原来里面还有一间密室,入口处垂着帘子,帘子的外边设置了香案,求神的人先点燃了香插进香炉,然后虔诚地膜拜,巫婆在旁边代为祷告,嘴里念念有词的,却听不懂她在说些什么,大家都很恭敬地站在旁边。过了一会儿，帘子里就会丢出一张纸来，上面说明着求神的人心里所想知道的事，没有一点差错。成名的妻子把香钱放在案头上，学着前面的人那般烧香礼拜。大约过了一顿饭的工夫，帘子动了，一张纸片从里面飘了出来，她接过来看，上面不是字而是画。画的中间是一座殿阁，看上去像是佛寺，后面的小山上有许许多多奇形怪状的石头，长着一丛丛针尖般的荆棘，而一只蟋蟀正躲在荆棘丛中。旁边有一只蛤蟆，似正要跳起来的样子。她猜不透这张图中的意思，不过，看到了蟋蟀，正和她心中所要问的相符合，也就将图折叠起来，带回家给丈夫看。

成名反复地看了半天，然后喃喃地对自己说："是在指示我蟋蟀藏身的地方吗？"仔细观察图上的景致，和村子东边的那座庙宇很相像，于是勉强从床上爬起来，拄着拐杖，携带着图，走到那座庙宇的后面。

那里是一片苍青的丘陵，循着丘陵往前走，见到一块块作蹲立状的石头，像鱼鳞一样地排列着，竟然和画里的山石一模一样。成名轻手轻脚地钻进蓬蒿中，一边侧着耳朵倾听，一边瞪大眼睛寻找，就像找寻一枚失落的针那般专心。找着找着，眼睛发酸了，耳朵发麻了，精神也耗尽了，哪儿有蟋蟀的踪迹？

他不断地低头寻找，突然间，一只癞蛤蟆咚的一声跳了出来，把成名吓了一跳，紧接着它又跳进了草堆里。成名看准了它隐身的地方，拨开蓬草，看到有只虫子伏在棘树的根部。他立刻去抓，那虫子却跳进了石穴中。他用草尖去拨，拨不出来，又用一桶水去灌，才把那虫子灌了出来，原来是一只十分好看又矫健的蟋蟀，他追了好一阵，总算抓到了。再仔细地看，这只蟋蟀的身子肥大，尾巴修长，颈部是青绿色的，翅羽是金黄色的，是蟋蟀中的上品。成名高兴得跳起来，赶快装进笼子里带回家，全家欢欣鼓舞，比得到了价值连城的珠宝还要喜悦。成名把它供养在盆子里，拿蟹肉和栗子来喂它，小心地看护它，准备到时候拿去县府交差。

　　成名有个九岁的儿子，趁着父亲不在家，偷偷地把盆盖打开，蟋蟀借机会跳了出来，动作很敏捷，他赶紧用手去捉，由于用力太猛烈，把它的腹部压得裂开来，不久就死了。这孩子很害怕，哭着去告诉母亲。母亲听了，急得脸色发青，大声责骂儿子说："你这个孽根！你的死期到了，等你老子回来，看他跟不跟你算账！"孩子流着眼泪走了出去。

　　过了不久，成名回到家，听了妻子的叙述，整根背脊骨都凉了，气鼓鼓地去找儿子，找了很久，四处都找遍了，一直见不到儿子的踪影。这时，有人从井里捞起他儿子的尸体，顷刻间，满腔的怒气化成了悲伤，呼天抢地，痛不欲生。

　　夫妻俩只是泪眼相对，不吃不喝，也说不出一句话，更不知道要怎么办才好。眼看着天都黑了，这才找了一床席子，打算把儿子裹着去埋葬。走近身触摸儿子，发觉他还有一点点气息，便又惊又喜地把他抱到床上，一直到半夜，才苏醒过来，两个人虽然稍微宽了心，但孩子的气息仍然很微弱，神志也恍恍惚惚，一直是昏昏欲睡。成名转头望望墙脚边的笼子，里头空荡荡的，一下子触目惊心，又为蟋蟀的事焦急起来，也无心去管儿子了。

　　整整一个晚上没有闭一下眼睛，直到太阳升起了，成名才疲惫不堪地躺下，但却是满怀愁绪。忽然听得门外有虫叫的声音，成名霍地惊起来察看，赫然见到那只鸣叫的虫子。他欢喜极了，赶紧去抓它，没想到它竟"嗖"的一声跃走了，动作快极了。他又快速地用手掌去扑它，明明像是扑到了，可是又感觉手掌里是空的，等到一松手,它又猛然跳走了,急急忙忙追过去,绕过墙角,它早已跳得没有踪影。成名一边慢慢地走,一边四下寻找,见到一只虫子伏在墙壁上,走近去一看,它又瘦又小,呈暗红色,根本不是原先看到的那一只。成名见这么小,看不上它,只好再到处张望,希望找到大一点的。而壁上那只小虫,突然间一跃,掉落到成名的袖子上。再看看它,发现它的形状像一只土狗,翅羽上有梅花的斑纹,方方的头,长长的腿,看来好像还可以,便迁就地把它装了起来,打算献给官府。但是心里仍然惶惶不安,生怕不中官差的意,因此就想让它和别的虫子斗一斗,好考验一下它的能力。

村子里有个好事的少年,驯养了一只虫子,自己给它取了个名字叫"蟹壳青",经常和一些别的年轻人养的蟋蟀斗,每斗必胜。他想用这只虫子换取暴利,而把价钱定得很高,但也一直没有人买。听说成名捉到了一只,就上门来找他。见到成名的这只又瘦又小,直掩着嘴嗤嗤地笑。他把自己的虫子放在笼子里,成名一看,蟹壳青的体格果然又大又壮,再看看自己的这只,觉得很难为情,因而不敢和对方较量。那少年执意要试试,成名拗不过他,想了想,反正是蹩脚货,养着也没有什么用,不如让它搏斗一番,姑且开开心也好。于是就一齐放进斗盆里。小虫伏在那里一动也不动,蠢得像只木鸡一样。少年大笑了一阵。用猪鬃去拨弄小虫的触须,故意要激它,但小虫还是不动,少年又忍不住哈哈大笑,并且一再地撩它。这时,小虫勃然大怒,直奔过来,于是两只虫子互相拼斗起来,翻腾跳跃,打得叮咚有声。一会儿,小虫一跃而起,张开尾巴,伸直触须,一口咬住了对方的脖子。少年大惊失色,急忙把它们解开,让它们休战。这时,小虫翘起翅膀来,得意地鸣叫,好像是在告诉它的主人说:我打了一场漂亮的胜仗!

成名兴奋极了！正在欣赏的时候，一只鸡走过来，一眼瞥见这只小虫，便直奔过来啄它。成名见到了，吓得愣在那儿大叫。好在并没有被啄中，而小虫跃开了一尺多远，那鸡还是紧追不舍，眼看着小虫就要落在鸡的脚爪下了，成名慌张得不知道该怎么救它才好，只是急得直跺脚。不久，鸡伸着颈子又摆又扑的；走近察看，原来小虫不知在什么时候跳到鸡冠上，用力叮咬着不肯放松。成名更加惊喜，把小虫放进笼子里。

第二天拿去呈缴给县官，县官见这么小，很生气地大声责骂成名。成名把它昨天特殊的表现叙述了一遍，县官不相信，试着与其他的虫子相斗，没有不被它打败的；又用鸡来试验，果然和成名所说的一样。于是拿了一些银子赏给成名；把小虫献给陕西巡抚[①]，巡抚十分高兴，用金的笼子安置它，然后献给皇帝，并且上了一份奏疏，说明小虫不平凡的本领。这小虫被送进宫中以后，和所有上等品种的蟋蟀一一较量，没有能胜过它的。除这以外，它似乎还通人性，每当它听到琴瑟的声音，就会顺着音乐的节拍跳舞，令人啧啧称奇。皇帝也就格外地喜欢它，下令赐给巡抚名马和锦缎。巡抚不忘记县官的功劳，没有多久，便向朝廷保荐县官的贤能。县官很高兴，就免除了成名的差役。

过了一阵子，成名的儿子精神恢复了。这孩子对他父亲说，在精神恍惚期间，自己仿佛变成了一只蟋蟀，本领高强，百战百胜；一直到现在才完全苏醒过来。（改写自《促织》）

[①] 巡抚：是古代的封疆大臣，职掌一方民政，也兼管军政。

【点评】

地方官吏为了讨好上司,便昧着良心欺压百姓,而不顾他们的死活,成名便是这些无辜百姓的代表。为了一只虫子,居然让一个家庭蒙上愁云惨雾,这是多么残酷!最后,还是稚子的灵魂化成了蟋蟀,才使他家脱离了困境,这又是多么凄楚!

诙谐的狐狸

博兴①人万福,幼年时期就从事儒学的研究。家里虽然稍微有几个钱,可是运气却很坏,一直到二十几岁的时候,还不能猎取一点儿功名。乡中的风俗浇薄,多半指派有钱的人家去充当徭役,好让他们多缴一些免役钱,老实的人往往被弄得家庭破碎。万福为了躲避徭役,从家乡逃到了济南,赁居在一家旅店里。当夜,有一个容貌俏丽的女子来投奔,万福很喜欢她,便和她发生了感情。万福问她的姓氏,女子回答说:"我实际上是狐狸,可是我并不想祸祟你。"万福很高兴,对她的话也深信不疑。女子吩咐万福不要和朋友在一块儿。她每天都来一趟,和万福一起生活。凡是日常的用品,统统都依赖她供应。

过了没有多久,万福的朋友常来拜访,往往隔夜还不走。万福感到很厌烦,却拉不下脸来拒绝他们。不得已,只好以实情相告。

---

① 博兴:清代县名,今山东省博兴县。

他的朋友因此希望看一看狐狸的真面目，万福把朋友的意思转告给狐狸。狐狸跟万福的朋友说："为什么一定要见我呢？我也跟人一样啊。"听她的声音，就在附近，可是向四边张望，却见不到踪影。

万福的朋友中，有一个叫孙得言的，为人很风趣，坚持请求一见，而且说："听到你娇美的声音，我的灵魂都飞散了；为什么那样掩掩藏藏，使人只能听到你的声音而害相思呢？"狐狸笑着说："贤德啊！孙先生！您想替您的高曾祖母作行乐图①吗？"万福的朋友们都笑了。狐狸说："我是狐狸，就让我跟朋友们谈谈狐狸的故事，大家可愿听？"众人都齐声说好。狐狸说："从前，有一个坐落在村子里的旅舍，一向狐狸很多，经常出现作弄旅客。旅客们知道了，相互警告不要到那家旅舍投宿。过了半年，这家旅舍的生意便萧条起来了。旅舍的老板非常忧虑，尽量避免提到狐狸。有一天，忽然来了一个旅客，自称是外国人，准备到旅舍中投宿。旅舍的老板很是高兴。刚刚邀请他进门，就有路人偷偷告诉这位客人说：'这家旅舍有狐狸。'客人很害怕，告诉了旅舍的老板，打算搬到别的地方去。老板极力辩白传说的不存在，客人于是就住了下来。客人进入卧室，刚刚躺下来，就看到一群老鼠从床下跑出来。客人非常害怕，从房里夺门而逃，并且大叫：'有狐狸！'老板慌忙出来探问究竟。客人抱怨说：'这里明明是狐狸窝，为什么骗我说没有狐狸？'老板又问：'你见到的狐狸是什么模样？'客人说：'我现在所见的狐狸是细细小小的，如不是狐儿，必定是狐孙！'"说完，整座客人为之大笑。

---

① 行乐图：就是画像。

孙得言说："既然不肯见我们，我们就留在这儿住下，可别埋怨我们干扰你们的生活！"狐狸笑道："在这里寄宿，也不打紧，如果有小小的冒犯，可别放在心上。"朋友们恐怕狐狸恶作剧，于是一块儿走了。可是过几天一定来一次，寻狐狸开心。狐狸很诙谐，每一开口，便能使万福的朋友们笑得前仰后翻，纵然是再风趣的人也敌不过她。大家都戏称她为"狐娘子"。

有一天，万福预备了酒席，和朋友们聚会，万福坐在主人的位子上，孙得言和另外二位客人分坐在左右的位子上，在上方另设一榻来对付狐狸。狐狸推辞说不善喝酒。大家请她坐下来谈话，她答应了。酒喝了几巡，众人掷骰子行酒令，有一客人输了，该喝酒，开玩笑地把酒杯移到上座说："狐娘子很清醒，我这杯酒愿意借给你。"狐狸笑着说："我向来不饮酒。我愿意说个故事，来助各位酒兴。"姓孙的掩着耳朵不愿意听。客人们都说："骂人的要受罚。"狐狸笑着说："我骂狐狸可不可以？"众人说："当然可以。"于是大家倾耳共听。狐狸说："从前，有一位大臣，出使到红毛国去，戴着狐皮帽子去见国王。国王见到了觉得很奇怪，就问：'什么动物的皮毛，这样温暖厚实？'大臣告诉他是狐狸的皮毛。国王说：'这种动物我向来不曾见过，狐狸的狐字究竟怎么写？'使臣用手指在空中划着向国王禀奏说：'右边是个大瓜，左边是个小犬。'"主客又哄堂大笑。

和孙得言一起饮酒的两个客人是陈氏兄弟。一个名叫"所见"，一个名叫"所闻"。看到了狐狸这个样子整人，便说："公狐狸在哪儿？怎么可以纵容母狐狸在这儿害人？"狐狸说："方才那个故事还未说完呢！只是被你们的吠声扰乱了，让我继续把它说完：国王又见使臣骑着一匹骡子，很觉得奇怪，使臣告诉他说：'在中国，

诙谐的狐狸

马生的是骡子，骡子生的是驹驹。'国王详细地询问这些动物的形状。使臣回答说：'马生骡，是臣所见；骡生驹驹，是臣所闻。'"整座的人又捧腹大笑。众人知道对付不了她，于是彼此约定：以后谁再带头开玩笑的，谁就要被罚请客。

过了一会儿，大家有了几分酒意，姓孙的又开起玩笑来，他跟万福说："我有一联，想请你对对看：妓女出门访情人，来时'万福①'，去时'万福'。"整座的人一时都想不出下联来。狐狸笑着说："我想到了。"众人一同竖起耳朵来听。狐狸说："龙王下诏求直谏，鳖也'得言'，龟也'得言'。"四座的人没有一个不为之绝倒的。姓孙的非常恼怒地说："我们刚才跟你已有约定，你为什么又违背了戒条？"狐狸笑着说："这个过失我实在应该承担，但是不这样，就对不出贴切的下联了。明天我摆桌酒席，来补偿我的过失好了。"这件事，大家笑一笑也就罢了。

狐狸的诙谐，大概如此，说也说不完。（改写自《狐谐》）

【点评】

适度的幽默，可以调整紧张的人际关系，可是过分的谐谑，却往往造成人际关系的紧张。恶意地使用言语去刺激别人，也常常给自己带来意想不到的伤害，我们说话能不慎重吗？

---

① 万福：古代女子行礼时多称万福，意思是祝人多福。

聊斋志异：瓜棚下的怪谭

狐仙的教训

滨州①地方有一个秀才，有一天在家里读书。忽然听见有人敲门，打开门一看，原来是一位白发皤皤的老先生，相貌很脱俗。秀才请他进来，并且请教他的姓氏。老先生自称姓胡，名养真，实际上是狐仙，因为倾慕秀才的高雅，所以愿意和他做个朋友。

秀才本来就是个通达的人，也就不以为怪。便和他谈古论今。老先生的学问非常渊博，谈论起来，滔滔不绝，经史百家，无不通贯。有时引经据典，理论高深，往往出人意料。秀才对他很佩服，留他住了很久。

有一天，秀才私下要求老先生说："您是非常爱护我的，但是我却这样的贫穷！您只要一举手，金钱马上就可以来到。为什么不周济我几文呢？"老先生起先沉吟不语，好像不肯答应似的。但是过了一会儿，又笑着说："这件事太容易了。可是得用十几个钱作母钱才能变呢！"秀才交给他十几个母钱。老先生便和秀才一起进入密室中，一跛一跛地踏着八卦步，念起咒来，不一会儿，几十百万个金钱从屋梁上纷纷落下来，那样子就如同暴雨一样，声音极为清脆。转眼之间，金钱就淹没了膝盖，拔起脚来往钱堆上一站，金钱又继续地落下来，淹没了他的足踝。一个很大的房间，金钱堆积得有三四尺深。于是老先生回过头来跟秀才说："不知你满足了没有？"秀才说："够了。"老先生一挥手，钱就停住了。于是两

---

① 滨州：州名，清代属济南府。今山东滨州市。

人关好门户，走了出来。

秀才心里很高兴，自以为发了横财。过了一会儿，他进房取钱使用，发现满屋子的金钱一个也没有了，只剩下十几个母钱，稀稀落落地散在地上。

秀才感到很失望，怀着一肚子怒气去找老先生理论，对老先生的欺骗行为，很是不满。老先生也动了肝火，愤怒地说："我本来和你以文字论交，不想帮你做贼，要是你秀才想发横财，应该去找梁上君子才对。我这个老头儿可不能如你的意！"说完，便拍拍自己的衣服走了。（改写自《雨钱》）

【点评】

读书的主要目的，在涵养义理，变化气质，像故事中的这位读书人，竟想不劳而获地发一笔横财，真是辜负了古圣先贤教化人的苦心。

曾孝廉的梦

曾孝廉[①]，福建人。在他考上进士[②]以后，曾经和两三位同榜的朋友结伴到郊外去玩。听说毗卢禅院里住了一位算命先生，便和他的朋友们一同骑着马去问卜。

---

① 孝廉：明清两代对举人的称呼。
② 进士：明清两代，称举人参加礼部会试及格的为进士。

算命先生见他一副得意扬扬的模样，便故意说些好听的话奉承他。曾孝廉觉得好高兴，一面缓缓地摇着折扇，一面微笑问道："你看我有没有身披蟒袍，腰横玉带的份儿？"算命先生早已看透了他的心思，便一本正经向他说："岂止如此！先生还可以做上二十年的太平宰相呢！"曾孝廉听得心花怒放，越发显现出一副不可一世的样子。

曾孝廉走出算命先生的房间，天正下着毛毛细雨，于是便和他的游伴到寺门里的一间云房暂避，云房里有一个老和尚，鼻梁高高的，两眼炯炯有神，正盘膝坐在蒲团上，看见客人进来，神情冷冷的，也不打一声招呼。大家只装着没有看见，推让了一番，便径自坐下来说笑。

大家听算命先生说曾孝廉将来要做宰相，都齐声向他道贺。曾孝廉越发得意忘形，指着同游的人说："到了那一天，我曾某做了宰相，一定推荐张年丈[①]做南方巡抚，舍表亲做参将[②]、游击[③]，就是我家的老跟班的，也要给他弄个小小的带兵官！"同坐的人听了，都哄堂大笑。

不久，门外的雨声越来越大了，曾孝廉也感到有些疲倦，便伏在榻上打起盹来。忽然看见两位钦差大臣，捧着皇帝的亲笔诏书，召见曾太师[④]共决国家大计。曾孝廉得意非常，急急忙忙上朝觐见皇上。君臣礼毕，皇上把御座移近他的身旁，和颜悦色地和他谈了

[①] 年丈：古人称与父亲同年的人为年丈或年伯。
[②] 参将：清代武职，地位仅次于总兵和副将。
[③] 游击：清代武职，地位在参军之下。
[④] 太师：在古代是三公之一。但唐宋以后，多为优待大臣的荣衔，属于加官，并没有职事。

曾孝廉的梦

许久,并且特别降旨:凡是三品以下的文武百官,完全听由宰相升降赏罚。接着又赐给他蟒袍、玉带和名马。曾孝廉叩头谢恩过后,便乘马挥鞭回家去了。曾孝廉回到家里,发现他的旧居完全改观了。高门广宅,画栋雕梁,豪华壮丽极了。自己也搞不清楚,为什么一下子阔绰到这种地步?他得意地捻着胡须,只要轻轻叫一声,马上就有千百个声音响应。不久,公卿们纷纷来献赠海外奇珍;还有那些卑躬屈膝的人物,在门下进进出出,川流不息。如果六部尚书①来到,曾孝廉倒还讲究点礼貌,走几步上前迎接;要是侍郎②一辈,就只站着作个揖,寒暄几句了;至于其他的官员,见到了顶多点点头而已。山西巡抚送来了十几个能歌善舞的女子,个个娇艳如花。其中姿色最美的是袅袅和仙仙,尤其得到他的宠爱。每天散朝回来,都左拥右抱,过着声色犬马的生活。

一天,忽然想到从前贫贱的时候,曾得乡绅王子良的周济,现在自己已经大富大贵了,而那王子良在仕途上还是一筹莫展,何不拉拔他一下呢?第二天清早,便上了一道奏章,保荐王子良为谏议大夫;当即奉旨照准,立刻擢用。又想起郭太仆③曾经给他难堪,便叫来了吕给谏④和侍御史⑤陈昌等人,教给他一套"如此这般";第二天,皇上跟前弹劾的奏章果然堆积如山,郭太仆于是奉旨免职。这一来,有恩的报了恩,有怨的报了怨,内心的快活真是难以形容。

有一次出门,经过郊外的大马路,一个醉汉偶然冒犯了他,

---

① 六部尚书:六部是吏、户、礼、兵、刑、工,各部的首长称尚书。
② 侍郎:清代在六部各设有左右侍郎,地位在尚书之下。
③ 太仆:就是太仆寺的首长。清朝太仆寺专管牧马场的政令。
④ 给谏:官名,清代属都察院,和御史同为谏官。
⑤ 侍御史:官名,地位在御史中丞之下,掌理审讯、弹劾等职务。

曾孝廉马上就叫手下把醉汉五花大绑，交给京师衙门治罪。衙门为了讨好太师，也不经审问明白，就把他活活打死了。这时候，地方上凡是有房产有地皮的大户，都畏惧他的权势，纷纷把最肥沃的土地献给他。从此，他简直富可敌国了。

不久，袅袅和仙仙相继去世，他朝思暮想，忽然想起从前隔壁有个女子美如天仙，每次都想把她买来做小老婆，无奈囊中羞涩，难以如愿。现在总可以称心如意了。于是差遣了一伙干练的家奴，送一笔钱到女家，不管三七二十一，硬是把那女子给抬了回来。不一会儿，那女子的小轿抬到，曾孝廉大喜过望，那轿中的女子竟比从前看见的时候，更加娇艳。自己想想生平，也没有什么不能如愿的事了。

又过了一年，朝中大臣私下渐渐有不满意他的，可是都把气闷在肚子里，不敢公开指责他的不是。这时曾孝廉正趾高气扬，自然不会把这些人放在心上。然而，偏偏有个姓包的龙图阁大学士①，大胆地在皇上跟前参了他一本。奏疏大概是这样写的：

"臣以为那曾某，原来只是一个白吃白喝、好赌成性的无赖，下流社会里的混混儿。只因为一二句话迎合了圣上的心意，便蒙圣上光荣的眷顾；他的一家老小，无不沾光，备受恩宠。曾某不但不想如何去奉献自身、报效朝廷；反而肆无忌惮地胡作非为，作威作福。他所触犯的种种死罪，就是拔下头发，也难以数计！

"朝廷官员的任免升降，曾某大权独揽，衡量油水的多少，然后决定某一职位价钱的高低，公然卖官鬻爵，败坏国家法纪！于

---

① 龙图阁大学士：清代大学士是最高的文职，并享有最高的荣誉，公私礼节上都称为中堂，但本身并没有实际的职务。龙图阁，为殿阁名。

是文职的公卿,武职的将士,统统到曾家来找门路。要想高升,就得送上银两,他的行径,简直跟商贩没有两样。人人得仰他的鼻息,看他的颜色!假如有个杰出的人士,贤良的大臣,不肯曲意奉承,就要遭到报复,轻则解除职务,投闲置散;重则剥夺功名,编管为民。甚至你有一点不肯帮他为非作歹的意思,就被视为揭发他的隐私;要是有一言半语不小心冒犯了他,他就会把你贬到穷乡僻壤去。文武百官只要见到他,没有不胆战心寒的,圣上因而处于一种孤立的地步。

"而且老百姓的血汗,他任意榨取;良家的女子,他任意霸占,弄得乌烟瘴气,暗无天日!只要他家的奴仆一到,地方官员不论大小,都要看他们的颜色;随便写封信去,司法衙门都得枉法徇私。甚至奴才们的儿子,远房的亲眷,外出都是高车大马、吃五喝六地招摇过市。地方上招待稍微有些怠慢,立刻就得挨马鞭子。残害人民,奴役官府,无所不为。他的车马一到,便搞得天翻地覆,鸡犬不宁。

"可是那姓曾的,却始终威威赫赫的,仗着圣上的恩宠,丝毫不想悔改他的恶行。往往在圣上跟前颠倒黑白,入人于罪。每天草草地办完了公事,一回到家就倚红偎翠,沉浸在靡靡的笙歌里。声色犬马,日夜荒淫无度。国家的大计,人民的生活,丝毫不放在心上,世上哪里有这样的宰相!

"臣早晚都为这件事情担惊害怕,不敢自求安逸,因此冒着生命的危险,一一列举曾某的罪状,禀奏圣上。恳请圣上砍下那奸人的脑袋,没收那贪官的财产;这样,对上可以平息天怒,对下可以大快人心。如果臣说的话有夸大不实的地方,愿受最严厉的处分。"

曾孝廉听说姓包的上了这么一道奏章,吓得魂不附体,就像贸然喝了一大口冰水。幸好皇上对他非常包涵，把奏疏压着，不对朝臣发表。接着各部官员纷纷上疏弹劾；就是从前自称门生，叫他干爸爸的，也见风转舵，跟他翻了脸，炮口一致对准他轰击。于是皇上下令：曾孝廉充军云南，财产全部没收。他的儿子当时正在平阳①太守任上，也被逮捕审讯。

　　曾孝廉接了圣旨，吓得面无人色，一时也不知如何是好。跟着便来了几十个武士，带着刀剑矛戈，一起冲进内室，剥下他的衣服，摘了他的帽子，把他跟妻子绑在一起。接着又见几个工役在院子里搬运财物，金银钱钞，共有好几百万，珍珠、翡翠、玛瑙、玉石共有好几百斛。还有帐幕帘榻这一类东西，也有好几千件。至于小孩子的衣帽鞋袜，更掉满了台阶。曾孝廉一一看在眼里，难过得眼睛像针刺、心里像刀割一样。过一会儿，又见到一个人把他那漂亮的小老婆拖了出来，小老婆披头散发，哭哭啼啼，一副六神无主的模样。曾孝廉心里悲痛得不得了，就像一把火在燃烧，憋着满肚子气不敢发作。所有的楼阁仓库，都被贴上了封条。官兵们大声地吆喝着，架着曾孝廉就走。

　　在解差们的拉拉扯扯之下，曾孝廉夫妇只有忍气吞声地跟他们上路，要想找一匹老马和一辆破车代步，也不可以。走了十多里路，曾孝廉的老婆已经走不动了，跌跌撞撞的，曾孝廉时常伸手去搀扶她。又走上了十多里，就是曾孝廉自己也感到疲惫了。忽然看见一座山岭，高峰入云；曾孝廉忧虑自己没法子登上去，不时拉着妻子的手，放声痛哭。而解差却目露凶光，在旁喝骂，不许稍作停留。眼看太阳已经西沉，却找不到投宿的地方，没法子，只好跛着

---

① 平阳：今山西省临汾市。

脚一拐一拐地走。到了山腰，他的妻子一点儿力气也没有了，坐在路边哭哭啼啼的；曾孝廉也只有停下来休息，任凭那些解差叱骂。

忽然听到一阵鼓噪，接着看见一群盗贼，个个拿着兵器，跳跃着来到眼前，那些解差吓得面无人色，夺路而逃。曾孝廉腿一软，便跪了下来，向盗贼们乞怜道："请大爷们饶命！我犯官曾某，现在要充军到云南去，除了一条老命之外，身边再也没有别的东西，请各位高抬贵手，来日一定报谢不杀之恩。"说完，叩头就像捣蒜一样。盗贼们不听犹可，一听说他就是曾孝廉，个个恨得咬牙切齿，眼睛通红，齐声嚷道："我们这一伙都是被你害得走投无路的老百姓，今天你来得正好，我们也不要别的，只要你这老贼项上的人头！"曾孝廉见强盗不吃他这一套，竟也色厉内荏地大骂起来："我曾某虽然是戴罪之身，可还是朝廷的命官，你们这群土匪，休得无法无天！"盗贼听了，越发地动火，挥起手中的大斧，用力地砍向曾孝廉的脖子，曾孝廉一声惨号，人头便"扑通"一声掉了下来。

同游的人听见曾孝廉的叫声，都围过来问："老兄可是做了噩梦吧？"曾孝廉揉揉惺忪的眼，只见窗外已经暮色沉沉，室内的老和尚还是跟先前一样，盘膝坐在蒲团上。同游的人七嘴八舌地埋怨说："天这么晚了，肚子也饿得不得了，为什么睡那么久？"曾孝廉无情无绪地站了起来，长长地伸了一个懒腰。老和尚对他微微笑道："算命先生这一卦够灵验吧？"曾孝廉越发觉得老和尚胸藏玄机，于是深深一揖，向老和尚恳求道："请大师指点迷津。"老和尚摇摇头说："只要修德行仁，自有佳景。其他都不是我这野和尚所能知道的了。"

曾孝廉趾高气扬地来，却垂头丧气地回去。从此看淡了名利，

也不再做当宰相的梦了。后来入山归隐,没有人知道他的去向。(改写自《续黄粱》)

【点评】

服务公职,在于奉献自己的智慧才能,为天下苍生造福。如果只是凭借着既得的权位,遂行私意,作威作福,必为公众所鄙弃,天理所不容。曾孝廉的梦,正是给那些热衷于名利的人一记当头棒喝。

冬天的荷花

济南有个道士,不知道是哪里人,也没有人晓得他是什么名字。不论冬夏,总是穿着一件单袍,腰上系着一根黄色丝带,再也没有别的衣服。他经常用一把木梳子梳头,梳完了就往发髻上一插,活像一顶帽子。白天的时候,他喜欢在市上闲逛;到了晚上,便露宿在街头,靠近他身边几尺的地方,雪一落下来便融化了。

他刚到济南的时候,常常变戏法给人看,市人看得高兴,都纷纷送银子给他。有个市井无赖,送他几坛老酒,想请他传授戏法,可是他始终不肯答应。

有一次,那个无赖经过河边,看见道士正在河里洗澡,便连忙把他的衣服抱走,要挟他说:"要衣服,就得教我戏法;不然我就叫你上不了岸!"道士无奈,只好向无赖打躬作揖说:"教你戏法是可以，可是你总得把衣服还给我呀！"无赖怕上他的当，还是不肯放下手中的袍子。道士说："你可是真的不给？"无赖说："当然！"道士既要不回衣服，便默不作声了。不久，那条黄色丝带忽然变成了一条大蛇，把无赖缠了六七道。那条蛇昂着头，瞪着眼，对着无赖直吐舌头。无赖吓得跪在地上，脸色铁青，气都喘不过来，嘴里直喊着"饶命"。道士这才把黄色丝带收回来，那条黄色丝带仍然是原来的黄色丝带；只是另外有一条蛇，慢慢地游进了城里。

从此以后，道士更加的出名了。地方官绅听说他有一套好本事，都跟他来往，道士从此便在有头有脸的人家进进出出了。甚至宪司、道台[①]，都知道有这么一个道士，凡有宴会，总不忘带着他一道去。

有一天，道士在湖上的亭子里回请官绅。那天，官绅在家里的桌子上都收到了道士的请帖，只是不知道怎样送来的。客人们到了亭子前，道士弯着腰迎上前来。客人们进了亭子，看见什么都未准备，就连几榻也没有，都以为道士存心开玩笑。道士回过头来对官员们说："贫道没有僮仆，请你们的随从帮帮忙如何？"官员们都答应了他。只见道士拿起笔在墙上画了两扇门，随手敲敲，居然有应门的人，打开了锁，门"呀"一声地敞了开来。大家不约而同地上前一看，只见门里有许多人来来往往，屏风、帘幔、桌椅也都具备。门里的人把东西一一传递出来，道士命令书办们接住放在亭子里，而且吩咐不要和门里的人交谈。这样，里面的人送，外面的人接，不到一刻的工夫，已经把整个亭子摆设起来，有说不出的奢侈华丽。不久，香喷喷的美酒佳肴，都从壁间传递出来。座中的客

---

① 宪司、道台：指地方上的高级官员。道是清代的行政单位，道台是一道的行政长官；宪司是掌理各行政区刑狱的官员。

聊斋志异：瓜棚下的怪谭

人没有一个不感到惊异的。

亭子原来是背着湖水的，每年六月的时候，荷花盛开，一望无际。道士请客的时节，正是严冬，只见窗外湖水茫茫，绿波荡漾，一朵荷花也看不到。有个官员偶然叹息着说："唉！今天这样好的聚会，可惜没有荷花点缀！"大家都深表同感。正说着，已有一个书办进来报告："湖里长满了荷叶！"整座的客人都惊奇不已。推开窗户一望，远近都是一片青绿，一朵朵的荷花夹杂在绿叶中间。转眼工夫，万枝千朵的荷花，同时绽放，阵阵北风吹来，荷香沁人心脾。大家无不感到奇怪，就派几个书办划着小船到湖里采莲。大家都远远望见书办们已到了花深的地方，可是不一会儿，船回来了，那些书办们都空着手来见。官员们问书办是怎么回事。书办说："小的划着船去，眼看花在远处；可是渐渐到了北岸，不知怎的，花又跑到南岸去了。"道士微微笑着说："这不过是幻梦中的空花罢了！"没有多久，酒喝完了，荷花也凋谢了；一阵北风骤然吹来，把荷花吹得一根也不剩了。

济东观察使①，很喜欢这个道士，就把他带回官署里，天天都跟他一块儿玩乐。有一天，观察使和客人们饮酒；观察使拿出珍藏的美酒来招待客人；可是观察使有个规矩，每次只许喝一斗，多了绝不供应。那天，有个客人喝了，连连称赞："好酒！好酒！"硬要主人把藏酒拿出来喝个痛快。观察使舍不得，就推说已经喝完了。这时候，在一旁的道士笑着插嘴说："你们想要满足口腹，只管跟贫道打商量好了。"那些客人都请求他再弄些酒来。道士把酒壶放进袖子里，不一会儿，再拿出来向每位客人斟上一杯，和观察使所

---

① 济东观察使：济东道的观察使。观察使在清代别称道员。

藏的美酒，味道完全没有差别，大家于是喝了个尽欢才散。

客人走后，观察使有些疑心，进去看看酒坛，那封口还是好端端的，可是里面的酒却一滴不剩了。观察使又惭愧又生气，就传令把道士当作妖人拿下，严加鞭打。可是板子才挨到道士的屁股，那观察使便觉得自己的屁股剧痛起来，到第二板子再打下去，观察使的屁股便痛得要裂开了。道士虽然在阶下声嘶力竭地哀号着，可是堂上的观察使，鲜血已染红了座位。观察使晓得道士不好惹，就喊罢手，把他赶了出去。道士于是离开了济南，也没有人知道他到哪里去了。（改写自《寒月芙蕖》）

【点评】

这是一个神奇而富有哲理的故事，它说明了唯有得道的人，才能不受形迹的拘碍，亦幻亦真，亦真亦幻，既能超越时间，也能超越空间。

赵城义虎

山西赵城地方，有一位老太婆，年纪七十多岁了，只有一个儿子。有一天，她的儿子经过山里，竟被老虎吃掉了。老太婆悲伤得不得了，简直不想再活下去了，哭哭啼啼地向县太爷投诉。县太爷笑着说："老虎怎么可以用官法来制裁呢？"那老太婆听了，越发哭得厉害，没有人能够制止。县太爷呵斥她，她也不害怕。县太

聊斋志异：瓜棚下的怪谭

爷可怜她年纪老迈，不忍心加以威赫，便敷衍她一番，答应替她去捉那只吃人的老虎。可是那老太婆还是跪在地上不肯起来，一定得县太爷发出拘拿人犯的公文才肯走。县太爷无可奈何，便问那些衙役们："谁能往山里走一趟？"有一个衙役名叫李能的，那时正喝得醉醺醺的，自告奋勇地走到县太爷的跟前说："小的能去。"然后便接下了公文，老太婆这才满意地走了。

那个名叫李能的衙役酒醒以后，后悔了起来；可是仍以为那是县太爷为了摆脱老太婆的纠缠，故意布设的骗局，也就不把这件事放在心上，便拿着那纸公文去销差。没想到县太爷把桌子一拍，很生气地说："你自己原来说得好端端的，能把老虎捉来，现在怎么能容你反悔？"那衙役被逼得没有法子，便请县太爷下令招集猎户。县太爷答应了。那衙役集合了各个猎户，日夜埋伏在山谷里，希望随便猎一只老虎去交差。可是整整过了一个月，也没有见着老虎的影子。他自己也为这件事，挨了县太爷几百大板，满腔冤屈没有地方可以控诉，只好跑到城东的东岳庙去，跪在神像前面祈祷，哭得声音都哑了。

不久，有一只老虎从外面进来，那衙役一看，吓得腿直打战，生怕自己也被老虎吃了。可是老虎进入庙门以后，并不朝别的地方看，只是蹲伏在门的中间。那衙役祷告说："如果那老太婆的儿子是你吃掉的，你就乖乖地让我把你绑了吧！"于是掏出绳索套在老虎的脖子上，老虎居然也贴着耳朵，乖乖地受绑。

那衙役把老虎牵到县衙里，县太爷升堂，把惊堂木一拍，便开始审问罪犯。县太爷问老虎："那老太婆的儿子，可是你吃掉的？"老虎点点头。县太爷说："杀人的就要偿命，这是自古以来所定的法条；况且老太婆只有一个儿子，而你却把他吃了，这叫风烛残年的她如何生活？假如你能做她的儿子，我就可以赦免你。"老虎又点点头。于是县太爷叫人解开绳索，把老虎放了。

　　老太婆对于县太爷不杀老虎来抵偿她儿子的命，很不谅解。可是到了第二天一大早，奇事就发生了。她打开了房门，看见门口横着一头死鹿。老太婆把它的皮和肉卖了，作为日常生活费用。从此，天天都是这样；有时老虎还衔了一些金钱和布帛到老太婆的院子里来。老太婆的生活，因此便宽裕了。老虎对她的奉养比她以前的儿子还要好，她心里对老虎非常感激。老虎每次来，往往躺在屋檐底下，整天都不离开。人和畜生，始终相安无事，一点儿也没有提防的心。

　　过了几年，老太婆死了，老虎跑到灵堂里吼叫不已。老太婆平日的积蓄，作为埋葬的费用已经绰绰有余，族人就共同帮忙把她给埋了。坟土刚刚堆好，老虎突然跑来，所有的客人吓得都逃走了。老虎一直跑到坟前，大声地哀号，过了个把时辰才离开。地方上的人感于老虎的义行，就在赵城的东门外建了一个"义虎祠"，这个祠到现在还保存着。（改写自《赵城虎》）

【点评】

　　情感和道义，是维系人类社会的两大支柱。一头凶猛无比的老虎，居然能为自己的行为负责，把情感和道义投注在一个老太婆的身上。身为人类的我们，应该何去何从呢？

李超的武艺

李超是淄川西乡人,生性豪爽,又喜欢布施和尚。有一天,一个和尚来化缘,李超用很丰盛的饭菜款待他。和尚感激李超的盛情,便向他说:"我是少林寺出身的,有点小本事,让我教给你吧!"李超高兴极了,就空出客房给他住,并供应他的一切生活所需,早晚都跟他学习武艺。

李超学了三个月,武艺已经相当好了,感到非常得意。和尚问他:"你的武艺有进境了吧?"李超说:"进步多了,老师会的,我已统统会了。"和尚笑笑,便叫李超演练一下把式。

李超脱下了上衣,摩拳擦掌地演练起来,身手灵活得像猿猴一样,轻快得像小鸟一样,翻腾跳跃了半天,才得意地停下来。和尚笑着说:"你的武艺确实不错。你说已经把我的一套都学会了,我们何不来比画比画?"李超欣然同意。于是各自把两臂一交,摆好了比画的架势。师徒二人,你来我往地打斗起来。李超始终找不到和尚的漏洞;和尚飞来一脚,李超还未看清楚,就已摔出丈外,跌得人仰马翻。和尚拍拍手说:"你还未能学会我的全套本领呢!"李超连忙拜伏在地上,又惭愧又沮丧地请和尚再教他。又过了几天,和尚教了一个段落,便告辞了。从此,李超的武艺便出名了,走遍了南北各地,从来没有遇到过对手。

有一次,李超偶然到了济南,见到一个年轻尼姑,在广场上表演武艺,广场挤得水泄不通。尼姑对着观众说:"贫尼表演了一辈子武艺,都没有遇到强硬的对手,感到太寂寞了。有哪位喜欢来

李超的武艺

两下子的，不妨到场子上来比画比画。"她讲了三遍，观众只是你看我，我看你，没有一个敢下场子的。

这时，李超也在一旁观看，手脚不觉地痒了起来，于是他挺着胸膛，大模大样地走了进去。尼姑笑笑，便与他交起手来了。还没有两下子，尼姑便连忙叫停，说："这是少林派的工夫。你的师父是谁？"李超起初不愿意讲，后来尼姑一再追问，李超才告诉他是某某和尚。尼姑拱手行礼说："原来你师父是憨和尚！既是这样，我甘拜下风，这场武艺也不必比了！"

李超再三请求继续比画，尼姑都不肯。后来由于在场的观众一再怂恿，尼姑才勉强地说："你既是憨和尚的徒弟，我们便是一家人了，玩一玩也不妨，只是各人心里要有个底儿，做个样子就行了。"李超答应了。可是他见尼姑外表文弱，便有了几分轻敌的意思。又因年轻好胜，想要借这个机会把尼姑打败，出出风头。正在拳来脚去的当儿，尼姑突然收手。李超问她原因，她只是微笑，不肯回答。李超以为她胆怯了，坚决地请求继续比试，尼姑不得已，这才又比画起来。不一会儿，李超飞过一腿去，尼姑不慌不忙地并起五个手指，往他的腿上一削；李超只觉得膝盖以下好像被刀斧砍了一样，扑倒下去再也起不来了。尼姑笑着表示歉意说："对不起，我太鲁莽了。刚才的冒犯，还请你不要介意！"李超被抬了回去，调养了一个多月，腿伤才渐渐地复原。

一年多以后，那和尚又到他家里，李超谈起了这件事，和尚大惊道："你太莽撞了！什么人不好惹，要去惹她！幸亏你提到我的名号，不然的话，你的腿早就断了！"（改写自《武技》）

【点评】

自满和自负，是修德进业的大敌，它不但会使自己在人群中孤立，而且也限制了本身的发展。"谦受益，满招损。"李超的武艺，不正说明了这一点吗？

石武举之死

有个姓石的武举人，带着一些盘缠到京师去，想谋求一官半职。走到德州①，突然得了场大病，吐血不止，整天躺在船上爬不起来。仆人趁着主人病危，就偷了钱逃走了。姓石的一气一急，病情越发加重起来，后来连吃饭的钱也付不出了。船主人怕他死在船上，就打算把他抬到岸上，一走了之。

恰巧有个女人坐着船，夜晚停泊在岸旁，听到了这件事，自愿把姓石的接到船上去。船主人很高兴，便扶着姓石的上了那女人的船。姓石的打量一下，那女人大约四十岁，穿戴很华丽，仪态也还娴雅，姓石的呻吟着向她道谢。那女人走到身旁仔细地看了一下说："你本来就有痨病根子，现在灵魂早已飘到坟墓里了。"姓石的听了，号啕大哭。那女人说："我有一种药丸，可以起死回生；要是你的病好了，可别忘记我这份情义。"姓石的听了，流着眼泪发誓："你的大恩大德，我永生不忘。"那女人便拿出药丸来给姓

---

① 德州：清代州名，今山东省德州市。

石武举之死

石的吃；过了半天，病就好了一些。那女人亲自把一些可口的东西拿到床边来喂他，比起妻子照顾丈夫还要周到，姓石的越发感激她。过了一个多月，病完全好了。姓石的跪在她的面前，就像对自己母亲一样地尊敬。那女人说："我孤零零的一人，没有什么依靠，如果你不嫌我难看，我愿意侍候你的生活起居。"这时姓石的已经三十多岁了，老婆已经死了一年，听了她的话，大喜过望，就和她结成了夫妻。那女人便拿出积蓄，叫他到京城去找门路，约定回来时再带她一起走。

姓石的到了京城，经过一番钻营，谋得了山东省的总兵①，剩下的钱，便买了鞍马行装，气派非常显赫。这时他想到那女人年纪已经大了，终究不是个好伴侣，于是便花了一百两银子娶了姓王的女人做继室。可是他心中毕竟有些害怕，唯恐那女人知道了不饶他，于是便避开了德州这一条路，绕了一个大圈子去上任。过了一年多，也不跟那女人通音信。

姓石的有个表亲，偶然到德州去办事，和那妇人比邻而居。妇人知道了他是姓石的亲戚，便来打听姓石的近况。那人一五一十地说了，妇人听了之后，大骂姓石的负心，并且把他们两人的关系告诉了他。那人也深深地为她抱不平，便宽慰她说："也许是公务太忙，一时没有工夫跟你联络。这样好了，你先写一封信，由我带给他，看他怎么表示。"妇人照着他的话做了，那人把信慎重地交给姓石的，哪想到姓石的一点也不把这件事放在心上。

又过了一年多，妇人亲自去投奔姓石的，住在一家旅舍里，托衙门里一位专门接待宾客的官员替她通报。姓石的居然不肯接

---

① 总兵：为清代绿营兵的高级统将，地位仅次于提督。

见,并且叫人以后不要再理她。

有一天,姓石的在家里饮酒作乐,他忽然听到吵骂的声音。正放下杯子倾听,那妇人已经掀开帘子进来了。姓石的吓得面无人色。那妇人指着他的鼻子大骂:"你这个薄情寡义的东西,在这里倒是快活!也不想想你的富贵是打哪儿来的?我对你的情分不薄,就是要纳妾,跟我说一下,也没有什么不可以啊!"姓石的呆呆地站着,双脚好像被绑在那里似的,气都不敢吭一声。过了一阵子,才跪下来认错,并且为自己找些理由,请求原谅,那妇人的气才渐渐地消了。姓石的便和王氏商量,叫她以妹妹的礼节去见那妇人。王氏本来很不愿意,可是拗不过姓石的苦苦哀求,便去了。王氏向妇人行礼,那妇人也回了礼。妇人说:"妹子不必害怕,我不是泼辣善妒的女人。姓石的这样待我,就是谁也受不了的,妹子也一定不情愿有这种男人!"于是便把事情的原委跟王氏讲了。王氏听了也非常生气,和那妇人一起骂姓石的负心。姓石的始终不敢吭气,只是恳求慢慢补过,这场风波才平息了下来。

当那妇人还未进来的时候,姓石的曾经交代看门的人不要给她通报。事情发生以后,姓石的很生气,不免暗地里埋怨那看门的一番。看门的一口咬定门锁全未打开,根本没有人进来;他平白无故地挨骂,很不服气。姓石的心里也很疑惑,可是又不敢去质问那妇人。两人表面上虽然有说有笑的,心里却终究存有芥蒂。幸好那妇人很温顺,从来不跟王氏争什么。王氏见她如此,就越发地敬爱她。每天早上都亲自去问安,就像侍奉婆婆一样。

那妇人对待下人宽而有原则,料事精明,有如神仙。有一天,姓石的印绶遗失了,整个衙门里都搅得天翻地覆,东寻西找,想不出办法来。妇人笑着说:"不用担心,把井水淘干,印绶马上可以找到。"姓石的照她的话去做，果然找到了失物。问她是如何知道的，她只含蓄地笑笑，不肯说出来。看她那样子，好像知道是谁偷的。

  这样子过了一年，姓石的觉察到她的行为有许多奇怪的地方，怀疑她不是人，时常叫人在她睡后偷听她的动静，只听到床上整夜都发出抖衣服的声音，也不知道她在干什么。

  那妇人和王氏情同手足，相处得很融洽。有一个晚上，姓石的因事出去了，妇人和王氏一块儿喝酒，不知不觉地醉了，倒在床上，化成了一只狐狸。王氏怜惜她，替她盖上一条锦被。不久，姓石的回来了，王氏把发生的怪事告诉了他。姓石的想要杀死她，王氏说："她就是狐狸，可有对不起你的地方？"姓石的不听王氏劝告，赶忙去找佩刀。这时那妇人已经醒了，便破口大骂："你这种像毒蛇一样的行为，豺狼一样的心肠，我是没法子跟你长久相处的。从前给你服的药丸，请你还来！"说着便往姓石的脸上吐了一口痰。姓石的觉得冷得像被浇了冰水一样，喉咙丝丝发痒；不久，便吐出一颗药丸来。那妇人拾了起来，愤愤地走了。大伙儿在后面追赶，一眨眼的工夫，已经不见了踪影。姓石的半夜旧病复发，咯血不止，过了半年便没命了。（改写自《武孝廉》）

【点评】

  忘恩负义是可鄙的行为，恩将仇报更是丧尽天良的表现，面对这些人，我们应该何以自处呢？故事中的这个狐狸告诉我们：要以直报怨。

聊斋志异：瓜棚下的怪谭

大力将军

浙江人查伊璜，在一个清明节，和朋友在野外的寺庙中饮酒。他看见大殿的前头有一座古钟，比两个石瓮还要大。钟上面的泥土还留着人手刚刚搬动过的痕迹。他觉得很奇怪，低下头一看，钟底下还摆一个可以容纳八升的竹箩筐，不知里面到底装了些什么东西。他叫几个人提着钟耳，用力掀开，却一点儿也不能移动它。查伊璜更加惊骇，于是一面坐着喝酒，一面等待能移动古钟的人。

不久，来了个乞丐，携带了他所讨来的干粮，统统堆积在钟下。他用一只手掀起钟，一只手抓着食物放进箩筐里，来回三四次，才把食物搬完。然后再把钟盖起来，拍拍身上的灰尘走了。过了一阵子又来到钟前，伸手到钟里掏食物吃。吃完了又伸手进去掏，轻松得就像开柜子一样。整座的人都感觉到惊奇。查伊璜开口向他问道："像你这样一位好汉，为什么要行乞呢？"乞丐回答说："因为我的食量大，所以没有人肯雇用我。"查伊璜发现他的身体健壮，就劝他投身军旅。乞丐愁容满面地说，恐怕没有人介绍。查伊璜把他带回家去，供他吃喝。他的饭量大约要抵上五六个人。查伊璜替他换上新的衣服鞋帽，又送他五十两银子充当路费。

十多年后，查伊璜的侄子在福建做县官，有一位名叫吴六一的将军，忽然来拜访他。谈话间，吴将军突然问道："伊璜先生是您什么人？"伊璜的侄儿回答说："他是我的伯叔辈，和将军在什么地方见过吗？"吴将军说："他是我的恩师。分别了十年，无时不在想念他。想麻烦您请查先生到舍下叙叙。"姓查的漫不经心地答应了。心想：叔父只是个风流名士，哪里会有什么武学生？

不久，查伊璜来了，查县令就把这件事告诉了他，伊璜一点儿印象也没有。可是由于吴将军一再地来问讯，就吩咐仆人备马，拿了名片登门拜访。将军快步地走了出来，亲自在大门外迎接。查伊璜一看，却和将军并不相识。心想："大概是将军弄错了。"可是吴将军却打躬作揖，非常恭敬。吴将军很礼貌地请客人进去。经过三四道门，查伊璜忽然看见女人来来往往，心想这大概是将军的内室，就停下脚步来。将军又揖请他进去。一会儿走到了内室，那些卷帘子的，摆座位的，个个都是年轻貌美的女郎。两人坐定以后，查伊璜正想开口，将军的嘴角稍稍示意，一个女郎便把朝服捧了出来，将军马上站起来换衣服。查伊璜不知道他要干什么。女郎们替将军整顿好了袖口和衣襟，吴将军先叫几个人把查伊璜按在座位上不让他动，而后向他下拜，就像觐见皇帝一样。查伊璜愣住了，被他搞得丈二金刚摸不着头脑。将军拜见伊璜以后，又换上便衣陪坐，笑着说："先生记不得那个举钟的乞丐了吗？"查伊璜这才恍然大悟。

过了一会儿，将军摆下了丰盛的筵席，私人的乐队在下面奏着悦耳的曲子。酒喝得快意的时候，美女们都环立在左右侍候。将军带他进了卧房，请问了他睡觉的习惯方向，然后才离开。

第二天早上，查伊璜因为前夜喝醉了，起来得很晚。将军已经在卧房外面问候过三次了。查伊璜心里觉得很过意不去，打算告别回去。哪想到将军已经拿掉了车辖，门也下了锁，不让他出去。

查伊璜看见将军整天不做别的事，只是清点男女用人，以及牲口、衣饰、器具。他督导着手下的人造册登记，还警告他们不可短少遗漏。查伊璜以为这是将军的家务事，也就没有深问。

有一天，吴将军拿着册子向查伊璜说："我所以能有今天，完全是先生的大恩大德所赐。所以一个婢子，一件器物，我都不敢私有，让我用它的一半来奉谢先生。"查伊璜惊愕地不肯接受，将军却不理会他，又拿出几万两黄金，也分成两份。按照册子清点，古玩、床几，厅堂的内外几乎摆满了。查伊璜坚决地拦阻他，将军全不理会。查点过了男女用人的姓名，命令男的整理行装，女的收拾器物。嘱咐他们要恭敬地服侍先生，众人齐声答应。又亲自看着婢女丫鬟登上车子，马夫牵着马骡，浩浩荡荡地出发，才回过头来与查伊璜告别。（改写自《大力将军》）

【点评】

给予别人的恩惠，自然不必放在心上；可是蒙受了别人的恩惠，却应该牢牢地记住。所谓饮水思源，感恩图报，乃是我们为人的正理。这个故事，和上篇的《石武举之死》，恰好是一个鲜明的对比。

秀才和进士

京城里有一个书生，家里很穷，又遇到荒年，便跟从父亲到洛阳去讨生活。他生性鲁钝，到了十七岁，才能写一篇短短的文章。可是他举止潇洒，为人风趣，又写得一手好书信。看过他书信的人，都不知道他肚里没有一点儿墨水。过不了多久，他的父母相继去世了，他孤零零的一个人，便在当地的私塾里教儿童读书。

那时，村子里有个姓颜的孤女，是一位名士的后代，从小就很聪明；父亲在世的时候，曾经教她读书，她只用读上一遍，就不会忘记。十几岁的时候，又跟父亲学吟诗填词，她父亲慨叹地说："我家有个女学士，可惜却不是男儿身。"因此，父亲非常疼爱她，希望给她找一个好女婿。父亲去世以后，她的母亲也怀着这份希望，可是东挑西选的，始终找不到合适的对象。三年之后，她的母亲又去世了。有人劝她找个差不多的读书人嫁掉算了，那姓颜的孤女也很同意，只是说要等待机会。

有一天，隔壁的妇人来到她家，跟她闲聊，那妇人用字纸包着丝线，姓颜的孤女打开一看，那张字纸原来是书生写给妇人丈夫的亲笔信。她翻来覆去地看了好几遍，对写信的人不觉有了好感。隔壁妇人看出她的心事，就私下告诉她说："这个人是一位风度翩翩的美少年，和你一样，都是孤儿，年龄也差不多。你如果有意思，我就叫那口子替你们两个撮合。"那姓颜的孤女只是摸着衣角，默不作声。隔壁妇人回家以后，就授意丈夫"如此这般"。那妇人的丈夫跟书生本来就很要好，便立刻把这件事告诉了他。书生喜出望外，就把母亲留给他的一枚金戒指交给那妇人的丈夫，请他转赠姓颜的孤女作为聘礼。

书生和姓颜的孤女结婚以后，夫妻的感情很好。做妻子的看到书生所写的文章很差，便笑着说："这文章跟你的相貌一点儿也不称，像这个样子，哪一天才上得了榜？"便早晚劝书生苦读，严格得像老师对待学生一样。到了傍晚时分，做妻子的总是先挑亮烛芯坐在桌子边，自个儿吟哦起来，作为丈夫的表率。一直听到钟漏响了三下，才拖着疲倦的身子上床睡觉。

这样子过了一年多，书生的八股文做得相当好了；可是一遇到考试，便败下阵来，始终默默无名，最后竟弄得三餐不继，心情真是落寞极了。有一天，他思前想后，不禁悲从中来，竟放声大哭起来。他的妻子见了，便呵斥他说："你简直不是个男子汉！却徒然有这一身男子的装扮！假如我不是个女人，那功名富贵随手都可以拾取！"书生当时正在懊恼，听了妻子这样子地奚落他，怒不可遏，便鼓起眼睛说："你们妇道人家，懂得什么！连考场都没有进过，你以为功名富贵就像在厨房里打水煮白米稀饭那样容易？就是你换上了男皮，也不会高明到哪里去！"他的妻子笑着说："你也不必生气。等到考试那天，我改个装扮替你去考就是了。如果也像你一样的不得意，我发誓以后再也不敢轻视读书人了。"书生经她这么一说，便也笑着说："你不晓得黄连有多苦，真应该让你尝尝！只怕你露了马脚，免不了要被乡里笑话呢！"妻子说："我也不是说着玩的。你曾经说，在京城有一栋老屋，就让我改着男装跟你回去好了。你从小就离开老家，如果说我是你的弟弟，谁会不相信呢？"书生心里想：反正是闹着玩的，让她试试也不打紧，便随口答应了。

那做妻子的进入房中，不久便换了男装出来，跟丈夫说："你看我可像男子吧？"书生一看，果真像一个风度翩翩的美少年。书生很高兴，便挨家挨户地向邻居们告辞。那些交情好的朋友送了他一点儿盘缠，他便买了一匹瘦驴，跟妻子骑着回去了。

回到了老家，书生的堂兄还在，看到两个弟弟长得一表人才，非常高兴，早晚都细心地照顾他们。又见他们没日没夜地苦读，就更加的敬爱。特地雇了一个小童，供他们使唤。到了晚上，他们往往把小童支开。乡里有什么婚丧喜庆，"哥哥"总是独自去应酬，"弟弟"便放下窗帘，埋头读书。过了半年，很少有人见过"弟弟"的面。有的客人想见他一面,"哥哥"便替他婉言拒绝。大家读了"弟弟"的文章,惊奇得不得了,有的甚至贸然冲进房里去,想跟他接近。他总是作了一个揖,便溜走了。大家看到他的风采,就越发倾慕。从此,他的名声无人不知,那些有头有脸的人家都争着想招他为女婿。堂兄也常就这件事跟他商量,他只是羞涩地笑。要是再逼迫他,他便说:"我决心求取功名,没有考上,绝不结婚!"

不久,学官前来主考,"兄弟"两人一同赴试,做"哥哥"的又落榜。"弟弟"以第一名的资格应试,考中了第四名举人。第二年,又考上了进士。朝廷任命他为桐城县的县令,政绩很好。不久,升为河南道掌印御史①,富有得跟王侯一样。于是他便借口生病,请求退职,蒙天子赐准,重新回到了田园。回家以后,客人接二连三地来拜访,他一直推辞,不肯接见。加以从生员开始,一直到飞黄腾达,从来都未听说他要娶妻,人们也没有觉得他古怪。

过了一段时间,慢慢地买了丫鬟使女。有人怀疑他跟这些女子有所勾搭,可是经她堂嫂注意观察,他们之间也没有什么不可告人之事。

不久,明朝灭亡,天下大乱。做"弟弟"的这才告诉堂嫂说:"实不相瞒,我就是你弟弟的媳妇。因为我那男人材质平庸,难得有所成就;我一气之下,决定自己去求发展。可是又深怕事情真相张扬开来,劳动天子召问,被天下人当作笑柄,所以一直保密到现

---

① 河南道掌印御使:道为清代的行政单位。河南道掌印御史,掌河南道所属各级官吏的监察和督导。

在。"堂嫂听了她的话，还是不相信。于是她便脱下靴子，露出了三寸金莲，她的堂嫂才惊讶地叫了起来。

于是她便叫书生承受她的官衔，自己仍然关起门来，本本分分地做个女人。那些有头有脸的人物，也都以对待御史的礼貌来对待书生。可是书生却觉得承袭女人的官衔到底不太光彩，仍然以书生自居，终身不肯高车大马地摆出达官贵人的姿态。（改写自《颜氏》）

【点评】

在封建时代，女性往往成为男性压迫的对象，蒲松龄在这个故事中，表明了女子的学识和才能并不比男性差。这也许正是作者要求男女平权的一种暗示吧！

老屋里的故事

陕西姜侍郎的老屋，鬼魅很多，经常出来诱惑人。姜侍郎不堪其扰，索性把家搬到别处去；只留下一个老奴看守房子，可是那老奴不久便被鬼弄死了。这样，接连换了几个人守门，都免不了同样的遭遇。姜侍郎无法可想，就把那栋老屋荒弃了。

乡里有个书生名叫陶望三的，向来风流倜傥，喜欢跟风尘女子接近，可是每次酒喝得差不多了，便自顾自地回家。有时候，他的朋友故意教风尘女子去缠他，他也笑着接受；可是一夜到天亮，他都不曾做出越轨的事来。有一夜,他住在姜侍郎家,有一个婢子来到卧房勾引他,他也不假辞色,因此,很受姜侍郎的器重。

陶望三的家里一向很穷,老婆刚死不久,只有几间茅草房可住;在那炎炎的夏日,热得让人连气都喘不过来,于是陶望三便跟姜侍郎商量,希望能借住他的废宅。姜侍郎因为那老屋不太清净,便婉言拒绝了。陶望三忽然想到,晋朝的阮瞻曾作过一篇《无鬼论》,我何不仿效仿效?主意已定,便作了一篇《续无鬼论》献给姜侍郎,并且说:"就是有鬼,又能对我奈何?"姜侍郎经不起他再三要求,便答应了。

陶望三到姜家老屋去打扫大厅,到了傍晚的时候,就把书放在那儿,然后再回家去搬东西,可是回来的时候,所有的书都不见了。他觉得很奇怪,便不声不响地躺在榻上,等着看个究竟。大约过了一顿饭的工夫,听到有人在走路,声音越来越近,他斜着眼一看,只见两个女郎正从房里走出来,把书一本一本地往桌子上丢。其中一个女郎大约二十岁,另一个女郎大约十七八岁,都长得很标致。接着,她们又轻轻地来到榻前,你看着我,我看着你,笑了起来。陶望三静静地躺着,一动也不动。那个年纪大一点的女郎便举起一只脚踩在陶望三的肚子上,那年纪小的只管捂着嘴巴笑。陶望三经这么一踩,忽然觉得心旌飘摇起来,几乎到了无法把持的地步。于是赶快收敛精神,摒除杂念,决心不去理会它。那女郎看到她的妖术不灵,又进一步地挨过身来,用左手摸他的胡须,右手轻轻地拍他的下巴,发出了小小的响声,于是,那年纪较小的女郎笑得更厉害了。陶望三突然挺起了身子,大声呵斥道:"你们这些鬼怪,好大的胆子!"那两个女郎吓了一跳,便逃走了。

陶望三怕夜里免不了要被她们作弄,便打算搬回去,可是话已经说出去了,又没法子收回来;便只好挑灯夜读。那些黑暗的地方,总是鬼影幢幢的,可是他看都不看一眼。快到半夜的时候,他实在困了,便亮着蜡烛上床睡觉。眼睛刚刚合拢,便觉得有人用一根细小的东西搔他的鼻孔,好痒好痒,忍不住打了一个大喷嚏;接着便听到暗处传来清脆的笑声。陶望三也不说话,只是装睡等她们再来。不久,便见那年轻的女郎用纸捻成一根小棒子,蹑手蹑脚地来到榻前;陶望三突然从榻上跳起来,大声地呵斥,她一闪就不见了。可是待他一睡着,那女郎又来搔他耳朵。整个夜晚,都被她闹得鸡犬不宁,直到鸡叫以后,才安静下来。

那些藏身在屋里的鬼魅,在白天总是毫无动静,可是一到夜晚,又开始若隐若现地出来了。陶望三便在夜晚煮东西吃,准备熬到天亮。那年纪大的女郎渐渐壮起胆子,过来坐在陶望三的桌旁,用双手托着下巴看他读书。接着趁他读得入神的时候,突然把他书本合起来就走。陶望三气极了,起来捉她,她早已不见了。过了一会儿,她又来摸他的书,陶望三只好用手按着书念。那年轻的女郎偷偷地来到他脑后,一下子用手蒙住他的眼睛,一下子又逃走,然后站在远处,对他傻笑。陶望三指着她骂道:"小鬼头!要是让我捉住了,就休想活命!"可是那女郎一点也不害怕。于是陶望三便跟她开玩笑说:"男女间的事,我一点儿也不懂,你们就是缠我也没有用。"两个女郎听了,微微一笑,便转身走向灶台,劈柴、淘米,为陶望三做起饭来。陶望三看见了便夸奖她们说:"二位这样子做,我真是太感谢了。"不久,稀饭煮好了,她们争着把刀叉、筷子、陶碗放在桌子上。陶望三说:"你们为我做事,我太感激了,可是要怎么报答你们呢?"两个女郎笑着说:"饭里已经掺了砒霜和鸩毒了。"陶望三说:"我和你们向来无冤无仇,何必用这种手段来对付我？"他喝完了一碗稀饭，又要再盛，那两个女郎争着来侍候他。陶望三感到很高兴。从此，她们便常常这个样子。久而久之，陶望三和她们渐渐混熟了，经常坐在一块儿聊天，陶望三问她们的姓名，那年纪大的女郎说："我叫秋容，姓乔；她是阮家的小谢。"又追问她们的身世。小谢笑着说："痴子！你老是拒我们于千里之外，这回谁要你问我们的家世？难道要谈嫁娶不成？"陶望三一本正经地说："面对你们这两位美女，我怎么能不动心呢？只是你们身上那股阴气，谁碰到了都要死。不愿让我住在一块儿，我离开就是了；如果愿意让我住在一块儿，我们也可以相安无事呀！你们如果不喜欢我，我何必要玷辱你们两位佳人呢？你们如果喜欢我，又何必要害死我这个狂生呢？"两个女郎听了，都非常感动，从此以后，便不再恶作剧了。

有一天，陶望三书还未抄完就出去了，回来的时候，看见小谢正伏在桌上，拿着笔替他抄写。看到陶望三回来，丢下笔斜着眼睛笑。陶望三走近一看，字虽然写得不像样子，倒也是整整齐齐的。陶望三称赞她说："想不到你还是一个雅人呢！假如你喜欢这玩意儿，我倒可以教教你。"于是便把她搂在怀里，握住她的手教她写字。这时秋容从外面回来，看到他们如此亲热，表情突然变了，好像很不是味道。小谢笑着说："小时候曾经跟父亲学写字，现在已经好久没有握笔了，生疏得不得了。"秋容也不答腔。陶望三察觉到了她的心事，却假装着不知道，也把她搂着，交给她一管笔说："我看你会不会这玩意儿？"他教秋容写了几个字以后，站起来说："秋姑娘运起笔来很有劲呢！"秋容这才高兴起来。陶望三于是折了两张纸写上自己的字，作为她们的模板，叫她们照着样子写。自己又另外点了一盏灯读书。因为她们两人都有事做，不再来捣乱，陶望三心里暗自地高兴。她们写完之后，很恭敬地站在桌前，听陶望三批评。秋容一向不懂笔画，每个字都涂得黑黑的一团，完全认不得。批改完毕，秋容看到自己比不上小谢，脸上有点挂不住。经过陶望三一再慰勉，她的脸色才开朗起来。从此，这两个女郎便以对待老师的礼节来对待陶望三。陶望三坐着，就替他捶背；躺着，就替他捏腿，争着讨好他。

又过了一个月，小谢的字居然写得非常工整，陶望三有时候很夸奖她，秋容听了感到非常惭愧，眼泪像断了线似的淌了下来。陶望三百般宽慰她，她才把泪水止住。于是陶望三开始教她读书，她的领悟力很强，只要教她一遍，她就能完全理解。她和陶望三一块儿读书，常常熬到天亮。小谢又把她的弟弟三郎带来，拜陶望三为老师。三郎的年纪大约十五六岁，长得眉清目秀，他以一个金如意①作为拜师的礼物。陶望三让他跟秋容同读一种经书，满堂都是朗诵的声音，陶望三竟然成为众鬼的老师了。姜侍郎知道了，非常高兴，总是按照时间供应他柴米油盐。这样过了几个月，秋容和三郎的诗都作得很好了，常在一起酬唱。小谢暗中叫陶望三不要再教秋容，他答应了；秋容也暗中叫陶望三不要再教小谢，他也答应了。

有一天，陶望三准备去应试，两个女郎泪水涟涟，与他道别。三郎说："您这一趟可以借口生病，不要去了。不然的话，恐怕会惹一身麻烦。"陶望三总觉得以生病作借口而不去考试，到底不太光彩，还是不顾一切地去了。

原来，陶望三喜欢用诗词讥刺时政，得罪了同邑的某一贵族，

---

① 如意：是一种搔背的器物，多用金属或玉石制成，由于名称吉祥，一般人也把它当作玩赏之物。

经常想找机会来整他。于是暗中贿赂了考官，硬说他行为不端，把他拘留在牢狱里。

陶望三在牢狱中，身上带的银两都用光了，只好向同室的囚犯要东西吃，心想：这一次准是活不成了。忽然，他看见一个人闪了进来，一看原来是秋容。她为陶望三带来许多食物，并且对他悲伤地哭道："三郎说你会惹上麻烦，现在果然被他料中。他今天是跟我一道来的，已经到司法衙门去申诉了。"她说了几句话，便走了，旁的人都不曾察觉。

第二天，司法部门的长官外出，三郎拦路喊冤，那位长官下令把他抓起来。秋容从狱中出来，回头去打探消息，三天都没有回到家来。陶望三在狱中又担心，又饥饿，日子好难打发，过一天就像过一年那样漫长。忽然小谢来了，悲痛得不得了，她说："秋容回去，经过城隍庙，被西廊的黑判官架走了，逼迫她作小老婆。秋容不肯答应，现在也被关了起来。我跑了几百里路，快累死了；到了城北，又被老棘刺破了脚板心，痛入骨髓，恐怕以后不能再来看你了。"于是把脚举起来给陶望三看，红红的血，已染湿了鞋袜。她交给陶望三三两银子，便一拐一拐地走了。后来司法衙门审问三郎，认为他和陶望三一向没有瓜葛，无缘无故地替他控诉，准备打他一顿，可是三郎一倒在地上就不见了。审判官觉得很奇怪，再看看他的状子，文字写得非常哀伤。于是把陶望三提来当面审讯，问他三郎究竟是谁。陶望三假装不认识。那审判官这才了解他是冤枉的，便放了他。

陶望三回去以后，整个晚上都看不到一个人。直到更深的时候，小谢才回来。小谢脸色灰败地说："三郎在司法衙门的时候，被衙门的神押到阴司地府去了。那阎罗王觉得三郎很讲义气，就叫他投胎到富贵的人家。秋容被拘禁了很久，我曾经以状子向城隍爷投诉，又被阻挡，没法子进去，要怎么办才好呢？"陶望三勃然大怒地说："黑老鬼竟敢如此！待我明天把他的泥像推倒，踩成碎块；同时找那城隍爷理论，他属下这样蛮横无理，难道他一点也不知道吗？"两人悲愤相对，不觉快过了四更。这时候，秋容竟不声不响地回来了。两人高兴得跳了起来，连忙问她被扣留的经过。秋容流着眼泪说："我可为你受尽了折磨！那黑判官每天用刀棍威胁我，要我听他摆布，我誓死不从。今晚他忽然放我回来，并且说：'我没有别的意思，原来也只是为了爱你；你既然不肯，我也不会侮辱你。请你告诉陶先生，千万不要见怪才好！'"陶望三听了，心里才稍稍舒坦，便要和她们同床共枕。他说："今日我宁愿为你们而死！"两个女郎感动地说："我们自来接受你的开导，已经懂得一些道理了。怎么忍心因为爱你而把你害死呢？"坚决不肯答应他的要求；可是他们那种款款的深情，和夫妻并没有两样。两个女郎因为这次变故，妒意也完全消除了。

又过了些时候，陶望三在路上遇到一位道士。那道士转过头来告诉他说："老兄身上沾了鬼气。"陶望三觉得他话出有因，便一五一十地告诉他。道士说："这两个鬼很不错，不应该辜负她们。"于是画了两道符给陶望三，嘱咐他说："回去以后，把符交给她们，其余的要看她们自己的造化了。告诉她们：如果听到门外有哭女儿的殡葬行列，就把符吞下赶快出来，先到的人就可以活。"陶望三照着道士的吩咐做了。

过了一个多月，果然听到葬女儿的行列经过，两个女郎争着跑出去。小谢一紧张，忘记把符吞下。秋容一直冲过去，闪进棺材里就不见了。小谢没法子进去，大哭一顿折了回来。陶望三出来一看，原来是郝家在殡葬女儿。大家看见一个女子闪进了棺材，没有一个人不惊疑的。不久，棺材里居然发出了声音，工役们停下来打开棺木一看，那郝家的姑娘突然复活了。于是暂时把棺木放在陶望三的书斋外面，大家围在四周守住她。她忽然张开眼问陶望三人在哪儿。郝家夫人问她要做什么。她回答说："我并不是您的女儿。"便把事情的原委说了。郝氏还是将信将疑，准备把她抬回去。那女儿死也不肯答应。一直往陶望三的书斋里走，倒在那儿不起来。郝氏无可奈何，就认陶望三为女婿。陶望三走近一看，面貌虽然不同，可是风采却不比秋容差。他大喜过望，进一步和她谈论生平。忽然听到呜呜的鬼叫声，原来是小谢在黑暗的角落里哭泣。陶望三心里很是不忍，就把灯移过去，一再地宽慰她，只见她的襟袖都被泪水沾湿了，痛苦得不得了。一直快到破晓的时候，她才离去。天亮以后，郝家带着婢仆送嫁妆来，俨然成了岳婿的关系。晚上进入布幕隔成的房间，小谢又哭了，一连六七个晚上都是这样。夫妇两人都深深为她感到难过。

陶望三苦恼极了，想来想去，都没有办法解决。秋容说："那道士是个仙人，不妨再去求他，也许他动了怜悯之心，会有法子补救。"陶望三觉得她说得不错，便找到了道士栖身的地方，跪伏在地上请他。道士一再说无法可想。陶望三哀求不已。道士笑着说："你这痴子好缠人！这也是你们有缘，且让我拿出看家的本领来。"于是便跟书生回来，要了一个安静的房间，闭起门来打坐。并且警告大家，千万不要跟他接触。前后十几天，不吃也不喝。偷偷地往里面看，那道士只是闭着眼睛，什么也没有做。

有一天早上起来，有一个年轻的女郎拉开帘子进来。明亮的大眼，洁白的牙齿，容光照人。她微笑着说："跋涉了一整夜，可把我累死了！被你纠缠个没完，跑了百把里路，才找到一间好房舍，道士把我载着一起来了。"等小谢来了，那女郎立刻跑过去抱住她，两人合为一体，倒在地上便僵直了。道士从屋里出来，拱一拱手便径自地走了。陶望三送了几步，等到回来的时候，那女郎已经苏醒了。把她扶到床上，呼吸和身体才慢慢恢复正常。

后来，陶望三考上进士，做了官，有个叫蔡子经的，是陶望三的同年，因事来拜访他，停留了好几天。有一天，小谢从邻居家回来，姓蔡的望见了，便快步地在后面跟着，小谢躲躲闪闪的，心里暗暗骂他轻薄。蔡子经告诉陶望三说："有件事听起来恐怕会吓死人，不知道可不可以告诉你？"陶望三问他什么事儿。蔡子经回答说："三年前，我的幺妹不幸夭折，过了两夜，尸首忽然不见了，到现在我们还是觉得蹊跷。刚刚见到夫人，那模样跟我亡妹真是像极了。"陶望三笑着说："内人糟糠之姿，哪里能跟令妹相比？我们既然是同年，关系不比寻常，让家小来拜见拜见也无妨。"于是便走到房里去，叫小谢穿着死的时候衣服出来见客。姓蔡的一见大惊道："果真是我妹妹！"说着，便流下泪来。陶望三于是详细地说明了事情的经过。姓蔡的高兴地说："妹妹原来未死，我得马上回去，告慰家父家母。"过了几天，蔡家大大小小统统来了，后来他们和陶望三来往，也完全跟郝家一样。（改写自《小谢》）

【点评】

唯有尊重爱情的人，才能得到真正的爱情。陶望三的故事，给了我们有力的启示。

少年与白鸽

邹平县①有一个叫张幼量的公子哥儿,很喜欢养鸽子,只要听说哪里有名鸽,总不惜以重金去购求。在齐鲁一带养鸽子的人士,要数他最有名;公子也常常引以为傲。

有一个夜晚,张公子正坐在书房里看书,忽然有人来敲门,张公子把门打开一看,原来是一位白衣少年。张公子问他来历,那白衣少年说:"像我这个浪迹天涯的人,姓名还值得一提吗?我老远就听说公子养的鸽子很多,不知道能不能让我见识见识?"张公子便领着他去参观,那些鸽子什么颜色都有,非常漂亮。少年笑着说:"人家的传说果然不假,公子可以说是最能养鸽子的人了。我也带了几只鸽子在身边,不知公子愿不愿意去鉴别一下?"张公子很高兴,就跟着那少年走了。

这时,大地被淡淡的月色笼罩着,放眼望去,原野上一片萧索,张公子心里不免有一点疑惧。那少年指着前面说:"请张公子再走几步,寒舍马上就到了。"他们又走了一程,看见一个道观,只有两栋房舍。少年拉着他的手进去,里面黑漆漆的,没有一盏灯火。少年站在院子里,嘴里学着鸽子叫,忽然,有两只鸽子飞了下来,看起来,它们跟寻常的鸽子没有什么不同,可是毛色却是纯白的;它们飞得跟屋檐一样高,每扑动一次,就在空中翻一个筋斗。少年

---

① 邹平县:今山东邹平县。清朝属济南府。

挥挥手，它们就翅膀挨着翅膀飞走了。

　　接着，那少年又撮着口发出一种奇怪的声音，又有两只鸽子飞了下来：大的那只像鸭子一样大；小的那只只有拳头那么一点儿。它们停在台阶上，学着白鹤跳舞。大的伸长脖子站着，张开了翅膀，像座屏风一样，一面鸣叫，一面翩翩起舞，好像是在带领着小的表演。那小的也忽上忽下地飞着叫着，有时候停到大的头上，那翅膀就像燕子落在蒲叶上一样的轻飘。这时，大的伸直脖子，动也不敢动。它们的节奏越来越快，声音也变得像玉磬一样，两两相和，配合得天衣无缝。接着小的飞了起来，大的又仰着身子呼引它。

　　张公子大开眼界，赞叹不已，深深为自己的见识短浅而惭愧。于是便向少年作揖，希望他能割爱；少年不肯答应。后来，他又一再地恳求，少年便呼喝鸽子离去，另外招了两只白鸽来。他用手抓住说："如果不嫌弃，我愿意把它们送给你。"张公子接过来把玩：它们的眼睛在月下呈琥珀色，黑色的眼珠比胡椒的颗粒还要圆；打开它的翅膀一看，胸口的肉晶莹剔透，五脏六腑都仿佛可见。张公子惊奇极了，可是意犹未尽，仍然跪在地上乞求不已。白衣少年说："还有两种没拿给你看，现在也不敢再拿给你看了。"两人正在争论的当儿，公子的家人已燃着麻秆来找主人。张公子回过头来看那少年，居然化成了像鸡一样大的白鸽，凌空而去。而且，那眼前的院落也不见了，只见一座小坟，坟旁种着两棵柏树罢了。

　　张公子和家人抱着鸽子回去，让那鸽子飞飞看，发现它们还是跟刚才一样的驯良。虽然不是白衣少年所拥有的鸽子中最好的，可在人世间已经是不可多得了。于是公子就把它们当作宝贝一样看待。

过了两年，张公子那对白鸽又孵了三对乳鸽。纵然是亲朋好友来求，他也舍不得割爱。有一位父亲的朋友，是当朝的大官。有一天见到公子，顺口问问他养了多少鸽子，公子连说几声"是"就退了下来。他以为这位父亲的朋友很爱他的鸽子，想要送两只给他，以报答他平日的照顾，可是又舍不得。他又想到：对长辈的要求，是不应该一再违逆的；而且，把普通的鸽子送给他也不太适合，就选了两只白色的鸽子放在笼子里叫人送过去，自以为这份礼物比千金还来得重呢！

　　过了些时候，他偶然见到了这位父亲的朋友，心存给人好处后，希望别人能够面谢的心理。可是对方居然没有说一句感谢的话。他再也憋不住了，就问道："前些时候送给您的鸽子还不错吧？"他父亲的朋友回答说："蛮肥美的！"张公子听了一惊，说："您莫非煮来吃了？"对方说："是呀！"张公子吓得跳起来说："这可不是普通的鸽子，而是一般人所说的'靼鞑'种咧！"对方又回想了一下说："可是味道也没有什么不同呀！"张公子听了，真是又伤心，又恼恨，一时竟说不出话来。

　　当天夜晚，张公子梦见白衣少年来责备他说："我原以为你能爱惜它们的，所以才把孩子托付给你。你怎么可以把明珠任意丢弃，让人白白糟蹋呢！现在我只好带着儿孙们走了！"说完后，便化成了一只鸽子，张公子所养的白鸽都纷纷地跟着它飞走了。

　　张公子第二天早上起来，发现所养的白鸽，果然一只也不剩了。

（改写自《鸽异》）

【点评】

在没有彻底了解对方之前,千万不可以把最珍爱的东西献给他。否则对这些东西便是一种亵渎,而对自己也是一种损害。

瘟神

陈华封是山东蒙山人。有一个大热天,他靠在野外的一棵大树底下乘凉。忽然看见有一个人跑过来,在阴凉地方找了一块大石头坐下。他的头上裹着围巾,手里的扇子挥个不停,汗水把衣服都渗透了。陈华封站起来笑着说:"要是把围巾除掉,不要扇扇子也会凉快啊!"那个人说:"脱下来容易,再套上去可就难了。"陈华封和他谈话,觉得他懂的东西很多。接着他又说:"我现在也不想别的,只要几杯浸过冰水的美酒下喉,暑气就可以消除一半了。"陈华封笑着说:"这倒很容易办到,我就可以满足你的需求。"于是拉着那人的手说:"我家就在前面,请你过去坐坐。"那人笑着接受了。

到了家里,陈华封把藏在石洞里的酒拿出来招待客人,那酒冰得叫人牙齿打战。那人高兴极了,一口气喝了十大杯。那时,太阳已经西沉,天忽然下起雨来;于是陈华封点亮了灯,那人也把头上的围巾解下,两人一面喝酒,一面天南地北地聊了起来。在谈话的时候,陈华封见那人的脑袋后面,时常漏出灯光,觉得非常奇怪。

没有多久,那人喝醉了,倒在床上就睡。陈华封把灯移过去偷偷一看，只见他耳朵后面有一个茶杯口那么大的洞；有好几层厚膜，把里面隔成一格一格的，像窗棂一样；外面挂着一块软皮，把格子遮起来，中间好像是空的。他惊奇极了，便偷偷地拔下发髻上的簪子，拨开厚膜看个究竟。没想到才一拨开，就有像小牛一样的东西，越过窗户飞走了。

陈华封越发地害怕，不敢再动手去拨。他正要转身离开的时候，那人已经醒了。他吃惊地说："你看到我的秘密了！把那牛瘟虫放了出去，这下子麻烦可大了。"陈华封追问他原因。那人说："现在事情已经到了这般田地，也用不着再瞒你了。老实告诉你吧：我是六畜的瘟神。你刚刚放走的是牛瘟虫，恐怕百里方圆之内的牛，没有一头可以幸免了。"

陈华封一向是以养牛为业，听他这么一说，害怕得不得了，就请求他想办法解救。那人说："我自己都免不了要受处罚，还有什么法子解救你的牛呢？据说只有'苦参散'最有效，你把这个方子尽可能地告诉大家，千万不要存有私心。"说完，他就告辞了。临走的时候，又抓了一把泥土放在墙壁上的神龛里。他吩咐说："把这个泥土给瘟牛吃，会很有效。"说着，拱拱手就不见了。

过不了多久，牛果然病了，瘟疫广泛地流行起来。陈华封这时动了私心，想利益独占，就不肯把瘟神告诉他的秘方传授给大家；只传授给他的弟弟。他的弟弟依照他的方子来试验，非常有效。而陈华封用自己磨的苦参粉来喂牛，却一点效果也没有。他养的牛总共有四十来只，都死得差不多了。剩下的四五只老母牛，也奄奄待毙，他的心里懊丧极了，一点法子也没有。这时，他忽然记起神龛上的泥土，心想：虽然未必有效，但是试试也不妨，就把它给病牛吃了。到了夜晚，那些牛的病居然统统好了。他这才恍然大悟，药

所以不灵，原来是瘟神在惩罚他的私心。（改写自《牛瘟》）

【点评】

自私是人类的大敌，尤其当自身利益与别人冲突的时候，这种卑劣的心态，表现得更为显著。陈华封由于自私自利，牺牲了别人的牛，同时也几乎丧失了自己所有的牛。在现代和谐互助的社会里，瘟神的教训，应该是每一个人要铭记在心的！

真假情人

海州[①]有个叫刘子固的人，十五岁的时候，到盖平[②]去探望他舅舅。偶然看到杂货铺里有一个女郎，长得姣美无比，心里很是喜欢。他悄悄地走到铺子里，假意说要买扇子；女郎见有顾客上门，便喊父亲出来招呼。刘子固觉得很扫兴，故意把价钱压得很低很低，使交易告吹。可是，他对女郎并不死心，等到女郎的父亲一离开，他又走过来搭讪。女郎不明里，又要去找她的父亲。刘子固连忙阻止说："你用不着找他，只要说个价钱，我照付就是了。"女郎这一回才知道他"不怀好意"，便故意把价钱说得高高的。刘子固不好跟她还价，付过钱就走了。

---

① 海州：清代州名，在今辽宁省海城市。
② 盖平：清代县名，今辽宁省盖州市。

真假情人

　　第二天，他又去买扇子，情形还是跟昨天一样。他刚离开铺子几步，女郎便追上来喊住他说："请等一下！我刚才是跟你闹着玩的，一把扇子哪里值那么多钱！"于是便把多出来的一半还给了他。刘子固觉得女郎很诚实，非常感动。此后，一有工夫就到铺子里去买这买那的；久而久之，两人便混熟了。女郎问刘子固的来历，他都一一地回答了。刘子固反问她，她说姓姚。这次临走的时候，女郎把他所买的东西，细心地包了起来，并且用口水把它封好。刘子固抱在怀里，感到无限的温暖。回去以后，也不敢再把它打开，唯恐把女郎舔过的地方弄坏。

　　这样过了半个月，他的秘密被仆人发现了，便暗中告诉他舅舅，硬是把他送了回去。他回到了家，整天无精打采的，做什么事都提不起劲来。他把从前买来的香巾、脂粉这一类的东西，偷偷地放在一个小箱子里，没人的时候，就把门关起来抚摸一番，借此来排遣相思情怀。

　　第二年，刘子固又到了盖平，一卸下行装，就到女郎的杂货铺去；可是到了那儿，却见门窗紧闭，便满怀失望地回来。他还以为女郎偶然有事出去，未回来罢了。于是第二天清早，他又到铺子里去，铺子的门窗仍然像昨天一样地紧闭着。他问左右的邻居，邻居们告诉他说："姚家姑娘回广宁①老家去了。小本生意，赚不到什么钱，所以暂时回去休息一阵子。临走的时候，也没说什么时候回来。"刘子固听了，难过极了，住了几天，便闷闷不乐地回家了。

　　他的母亲替他提亲，他总是推三阻四的。母亲也搞不清楚到底怎么回事，大大地发了一顿脾气。仆人看到事情弄得很僵，便把

---

① 广宁：清代府名，今辽宁省北镇市。

聊斋志异：瓜棚下的怪谭

他过去的这一段恋情告诉了母亲，他母亲从此就对他加意防范，不准他再到盖平去。刘子固恹恹地睡在床上，茶也不思，饭也不想，人也一天天地憔悴了。母亲忧心如焚，一时也不知如何是好。心想：与其有个三长两短，还不如顺从儿子的心愿。于是立刻吩咐仆人准备行装，送他到盖平去。同时差人带话给他舅舅，叫他去说媒提亲。舅舅接受托付，便动身到姚家去。过了一个时辰，回来跟刘子固说："事情砸了！阿绣已经许配给一个广宁人了。"刘子固听了，犹如晴天霹雳，满腔的热望，都化成了冰水。回家以后，每天捧着那储藏纪念品的小箱子流眼泪；有时一个人在房里踱来踱去，痴痴地想：假如天下有两个阿绣就好了。

这时，正好有一个媒婆到他家，说复州①有个姓黄的女儿长得很美。据她形容，倒有几分像阿绣。刘子固怕她说得不实在，就亲自到复州走一趟。他走到复州城的西门，看到一户坐南朝北的人家，两扇院门半开半闭，里面有一个女郎，像极了阿绣。她一面向房里走，一面回头看他。刘子固留神一看，果真是她！刘子固内心激动得不得了。但是一想，她既已许配给了别人，我也不好过分唐突。便在她的东邻租了一间房子，准备探个究竟再说。他问左右邻居，都说这一家人姓李，在这儿住很久了。刘子固左思右想：天下哪里会有这样相像的人呢？

住了几天，都没有机会和那家人接近，刘子固只好成天目不转睛地看着那家的大门，希望女郎再出来。有一天，太阳已经西沉，女郎果然出来了。她一看到刘子固，转身就走，用手指着他家的后面；又把手放在额头上，然后便进去了。刘子固高兴极了，但不明

---

① 复州：清代州名，在今辽宁省瓦房店市。

白她的手势到底是什么意思。他沉思了一会儿，便信步走到屋后，只见空荡荡的一个花园，满目荒凉。那花园的西边，有一堵矮墙，大约有一个人肩膀那么高。这时，他顿时明白了女郎的意思，便在露草里蹲下来等待消息。

过了一会儿，有个人从矮墙上露出头来，压低着声音说："来了没有？"刘子固答应了一声就从草丛中站了起来，仔细一看，真的是阿绣。这时刻，他的情绪如同溃决了的堤防，眼泪像断了线似的流下来。那女郎隔着墙欠出身来，一面掏出手帕替他揩眼泪，一面温存地安慰他，刘子固说："我想尽了方法，都不能如愿，以为这一辈子是没有指望了，哪里想到还会有今晚的聚首？可是，你怎么会到这儿来的呢？"女郎说："李家主人，是我的表叔。"刘子固要翻过墙去。女郎说："你先回去，把仆人打发到别处去睡，我自己会来。"刘子固打发走了仆人，坐在房里等候。不一会儿，女郎便悄悄地进来了，淡妆素抹的，还是穿着往日的衣裳。刘子固牵着她坐下来，向她倾诉别后相思之苦。然后又问她："你不是已经订婚了吗？怎么还未嫁人？"女郎说："说我受了人家的聘，是不实在的。我父亲觉得海州离我们家太远，不愿意把我嫁过去。大概要你舅舅随便编个理由，好让你死了这一条心吧？"说着，便把自己投到刘子固的怀中，深情款款，尽在不言中。到了四更天，女郎赶忙起来，翻过墙走了。从此，刘子固把跟姓黄的女郎相亲的事忘得一干二净了。

他在外面住了个把月，从不提起要回家的话。有一天夜里，他的仆人起来喂马，见到刘子固的房里灯还亮着，偷偷往里面一看，阿绣居然就在房里，他吓了一大跳，但是，一时也不敢声张。第二天早上起来，到左邻右舍打听了一下，然后才回来问刘子固说："夜晚和少爷在一块的那个女人是谁？"刘子固起先还想隐瞒。仆人说："这间房子冷清清的，正是鬼狐藏身的好地方，少爷应该懂得照顾自己。那姚家的女郎，怎么会到这里来呢？"刘子固这才不好意思地说："西面就是她表叔家，有什么好奇怪的？"仆人说："小的已经打听清楚了：东边那家只有一个孤老太婆；西边那家，除夫妇两口之外，只有一个小孩子，也没有别的亲戚。少爷所遇到的，一定是鬼魅；要不然，哪里有穿了几年的衣服还不换的？而且她的脸孔比阿绣要白，下巴也瘦了一点儿，笑起来又没有酒窝，不如阿绣漂亮。"刘子固仔细回想一下，才害怕起来。他跟仆人说："这可怎么办呢？"仆人便想了一个计策，等女郎再来，趁她不备，拿起刀来杀死她。

到了晚上，女郎又来了。她跟刘子固说："我知道你已经对我动了疑心，可是我对你也没有恶意，只是想了结我们的缘分罢了。"话还未说完，仆人便推开门冲了进来。女郎大声呵斥道："把手里的刀丢掉！赶快拿酒来，我要跟你主人话别！"仆人自己把手里的刀丢了，就像有人夺下来似的。刘子固看了，更加害怕，只得壮起胆子摆好酒席。那女郎谈笑如常，对刘子固说："我明白了你的心事，正想替你尽一些力，为什么要暗暗用刀棍对付我？我虽然不是阿绣，自问也不比她差，你看我不如她吗？"刘子固吓得毛发都竖了起来，大气也不敢吭一声。女郎听到打了三更，便拿起酒杯一饮而尽，站起来说："我这会儿就要走了，等到你花烛之夜，再来和你新娘子一比美丑！"说着，一闪就不见了。

刘子固听信了狐狸的话，就一路到盖平来。他埋怨舅舅欺骗他，就不再住在他家里；他跟姚家住得很近，便找了个媒婆跟他一起到女家去提亲，并且用重重的礼物去打动女家的心。姓姚的妻子说:"我家小叔在广宁给阿绣说了一门亲事,因此,她父亲带着她一块儿去了,成不成还不晓得,等他们回来再说好了。"刘子固听了,一时六神无主,焦急得不得了。只有苦苦地留在那儿,等他们回来。

过了十几天,刘子固忽然听到了打仗的消息,起先还以为是谣言;几天过后,情势越来越吃紧,这才整理好行装回家。没想到走到半路,就遇到了乱兵,主仆二人便失散了,刘子固被放哨的给捉了去。由于刘子固很文弱,那些乱兵对他也不加意防范,他便偷了一匹马逃走了。

他逃到了海州边界,看到一个女郎,蓬头垢耳,步履蹒跚,好像已经走不动了。刘子固经过她的身旁,那女郎忽然喊道:"骑在马上的不是刘郎吗?"刘子固勒住马一看,原来是阿绣。可是他仍然疑心她是狐狸,便说:"你是真阿绣,还是假阿绣?"女郎觉得他问得好奇怪。刘子固便把他遇到的事说了。女郎说:"我可是真阿绣。父亲带着我从广宁回来,遇到乱兵,被捉了去。他们交给我一匹马,我每次都从马上掉下来。忽然来了一个女子,抓住我的手就飞快地逃跑,在军队之中乱窜,也没有人盘问她。那女子走得好快,我简直没有法子跟得上。走上百把步,鞋子就掉了好几次。过了一阵子,听到人马的声音渐渐远了,才放开我的手说:'再见!前面都是宽坦的路,可以慢点儿走,爱你的人马上就到,你可以跟他一起回去。'"刘子固知道阿绣所提到的女子就是狐狸,心里委实感激她,于是就把自己留在盖平的原因告诉了阿绣。女郎说,她叔叔替她选了一个姓方的人家,男方还未下聘就发生了兵乱。刘子固这才知道舅舅没有骗他。于是他把阿绣抱上了马,一同骑着回家。

他们到家以后,发现母亲平安无事,高兴得不得了。刘子固拴好了马进去,把这些日子所遇到的事原原本本地说了一遍。他母亲也很快慰,便招呼阿绣洗沐,阿绣打扮完毕,又恢复了从前光艳的风采。母亲越发高兴地说:"好个丽人儿!难怪我这痴情儿子做梦都忘不掉你!"于是就预备被褥,叫她跟自己睡。又派人送信到盖平的姚家去。过了几天,姚家夫妇一起来了,选了个黄道吉日,给女儿完成了嘉礼才走。

刘子固拿出以前藏纪念品的小箱子,发现封记还是好端端的,其中有一盒粉,打开一看,居然变成了红土。正感到奇怪,只见女郎捂着嘴笑道:"年前的骗局,现在才被发现!那时看到你不管货色的真假,都随我包装,所以我就包了这块泥土跟你开开玩笑!"

小两口正在说笑,忽然看见一个人掀开帘子进来,嚷着说:"你们两口子倒是快活!总该谢谢媒人吧?"刘子固一看,居然又来了一个阿绣!他赶快喊母亲来。母亲和家人统统聚拢过来,竟没有一个人能分辨谁是真阿绣。就是刘子固自己,转一个头以后,也分不清真假!他仔细瞧了很久,才认出那个假阿绣,并且向她作揖道谢。那个女郎要个镜子照了一番,羞红着脸跑走了,再找她已经不见了踪影。

有一天晚上,刘子固喝醉酒回来,房里光线很暗,一个人也没有,正要把灯挑亮一点,阿绣来了。刘子固拉着她问:"你到哪里去了?"阿绣笑着说:"一股酒臭,真叫人受不了!像你这个样子盘问,难道我跟人家幽会去了不成?"刘子固笑着捧起她的脸来亲了一下。女郎说:"你看我跟那狐狸姐姐比起来,哪个漂亮?"刘子固说:"你当然比她漂亮些,可是粗枝大叶的人还是分不出来。"说着,便有一个人来敲门,女郎站起身来说:"你也是个粗枝大叶的人啊!"刘子固不明白她的意思,赶忙跑过去开门,来人居然是阿绣!他吃了一惊,这才恍然大悟,在屋里跟他说笑的,原来是假阿绣!(改写自《阿绣》)

【点评】

这是一篇情节动人的小说。作者对于初恋男女的心理,狐女好胜的性格,都有深刻的描写。所谓"有情人终成眷属",该是那个时代青年男女的共同热望吧!

张鸿渐的遭遇

张鸿渐,永平府①人,十八岁,是地方上的名士。

当时卢龙县的赵知县,贪污暴虐,百姓们饱受他的迫害。有一位姓范的秀才,因为不小心开罪了他,竟被活活打死。这样一来,范秀才的同学们便动了公愤,准备到省里去为他申冤。张鸿渐的文笔一向不错,同学们就推他出来写状子,并且要他也参加一份。张鸿渐未假思索,便一口答应了。

张鸿渐的妻子方氏,美丽而且贤淑,听到了这个计划,就劝张鸿渐说:"大凡秀才们做事情,成功了便好,失败了就糟了。因为事情办成功了,大家只争争功劳而已,并不碍事。可是一旦办砸

---

① 永平府:清代属直隶省,府治在今河北省卢龙县。

了。便一哄而散，再也合不拢来。如今的世界，讲的是势力，谁跟你讲什么是非曲直？再说你也没有什么靠山，要是搞出纰漏来，谁会帮你的忙呢？"张鸿渐听了她的话，觉得非常有道理，心里就后悔起来，便委婉地向同学们推掉了参加告状的事，但却答应替他们写状子。

状子呈了上去，上级审问了一次，还没有裁定；赵知县听到了风声，立刻送了一大笔钱给一个有影响力的大官，那些秀才们便被安上一个结党造反的罪名抓了起来，并且进一步地追查代写状子的人。张鸿渐一看情况不妙，就仓皇地逃走了。

他逃到了凤翔县①界，盘缠都用光了。那时，太阳已经下山，他独自一个人在郊外乱闯，找不到歇脚的地方。忽然，他看到远处有一个小村子，便放快了脚步往前走去。

村子里有一个老太婆，刚好出来关门，看见了张鸿渐，就问他要干什么，张鸿渐老老实实地说了。老太婆说："在这里吃住，本算不了什么。倒是家里没有男人，不大方便留客。"张鸿渐说："说实在话，我也不敢有什么奢求，只求您让我在门里搭个草铺，能避避虎狼就行了。"老太婆便叫他进来，把门关上，交给他一个草垫子。吩咐他说："我可怜你没有地方投宿，才自作主张让你在这儿过夜，明天你要趁早离开，免得我们家大小姐知道了，会怪罪下来。"

老太婆走了以后，张鸿渐便靠在墙上休息。忽然他看见有一盏灯笼闪着光亮，那老太婆已经领着一个女郎走了出来。张鸿渐连忙躲到暗处，偷偷看去，原来是一位二十来岁的绝色女子。她走到

---

① 凤翔县：今陕西省凤翔县。

门口,发现了草垫子,追问老太婆是怎么回事;老太婆照实说了。那女郎生气地说:"我们统统都是弱女子,怎么可以把陌生人留在家里?"接着又问老太婆:"人到哪儿去了?"张鸿渐很害怕,连忙走出来跪在台阶底下。女郎问过了他的姓名、家世,脸色才缓和了一点,说道:"幸亏你是个风雅的读书人,留下来过夜也不妨。可是我这老家人也不先跟我说一声,像这样马马虎虎的,哪里是待客之道呢!"说着,就叫老太婆领着客人到房间里去。

过了一会儿,老太婆备好了精美净洁的酒饭,请张鸿渐吃;接着又替他铺好床铺。张鸿渐非常感激,于是便偷偷地向老太婆打听她家主人的姓氏。老太婆说:"我们主人家姓施。老爷子跟老夫人都过世了,只留下了三位小姐。你刚才见到的就是大小姐舜华。"

老太婆走后,张鸿渐看到桌子上有一本《南华经》的批注,于是便拿到枕边来,伏在床上翻看。忽然,舜华推开门进来了。张鸿渐连忙丢下书本,找衣服鞋帽,预备起来迎接。女郎走到床前阻止他说:"用不着,用不着!"于是就靠着床边坐下来,她羞答答地说:"我因为你是风流才子,想要把这一家子托付给你,才不避瓜田李下的嫌疑,你该不会瞧不起我吧?"张鸿渐被她这突如其来的话语,弄得一时不知所措,只好老实地告诉她,家中已经有了妻室。那女郎笑着说:"从这里也可看出你的诚实,但这并不打紧。你既然没有嫌弃我的意思,明天就找个媒人来好了。"说完,便起身走了。她临走的时候,送给张鸿渐一点儿钱,并且关照他说:"你拿这些钱去作为游逛的费用,到了晚上,要晚一点儿回来,怕被别人撞见了不太好。"张鸿渐照着她的话做,每天早出晚归,这样子有半年之久。

有一天,回来得早了一点儿,到了那个地方,竟然连一房一

聊斋志异：瓜棚下的怪谭

舍都看不到，他感到非常惊讶。正在徘徊的当儿，忽然听到老太婆的声音说："怎么这样早就回来？"一转眼之间，院落又出现了，而自己居然已在屋中。张鸿渐越发地感到奇怪。这时，舜华从里面走了出来，笑着说："你疑心我了吧？我老实告诉你好了：我是狐仙，跟你有前世的缘分。如果你一定要怪罪我，我们就此分手好了。"张鸿渐贪恋她的美色，也就没有表示什么。

夜晚，他跟舜华说："你既然是仙人，千里以外的地方，应该是片刻的工夫就可到达。我离家已经三年，心里一直挂念着家乡的老婆和孩子，你能带我回去看看吗？"舜华听了，似乎不太高兴，说道："就夫妻感情来说，我自认待你不薄。你身子守着我，心却想着你的老婆，那么你平常对我的温柔体贴，都是装出来的！"张鸿渐抱歉地说："你怎么说这种话呢？常言道：'一日夫妻，百日恩义。'假如有一天，我回到了家乡，还不是跟现在我怀念她一样地怀念你？要是我得到了新人，就忘了旧人，还值得你对我这样好吗？"舜华这才笑着说："这是我的小心眼儿：对于我，希望你永远不要忘记；对于别人，总是希望你忘得越干净越好！你既然想回去一下，这又有什么难的？你家对我来说，只不过几步路罢了。"于是便抓着他的衣袖出门。张鸿渐见到路上很黑，有一点儿害怕，不敢向前走。舜华拉了他就跑，没有多久，就停下来说："到了。你自己回家好了，我要走了。"

张鸿渐稳住脚跟，仔细一看，果然是自己的家。他从矮墙上翻了进去，看见室内的灯火还亮着。他走过去用两个指头敲敲门。里面的人问道："谁呀？"张鸿渐便把他回来的经过说了一遍。里面的人这才持着蜡烛出来开门。张鸿渐一看，果真是他的妻子方氏。夫妻两人真是又惊又喜，手拉着手进到房里，张鸿渐看见儿子睡在床上，感伤地说："我离家的时候，孩子才到我的膝头，现在已经这么高了！"夫妇两人相互依偎着，几乎不敢相信，眼前的重聚会是事实。张鸿渐把他这些年的遭遇说了一遍。又问起了那件案子，才知道那些秀才们，有的在大牢里病死了，有的被充军了，越发佩服妻子的先见之明。方氏把身体投到他的怀里，嘟起嘴巴说："你有了漂亮的情妇，就不再想念我这独守空闺，终日以泪洗面的黄脸婆了！"张鸿渐说："不想念你，我怎么会回来？我跟她虽然感情很好，可是她终究不是人呀！只是她的恩情，我很难忘记罢了。"方氏说："你以为我是谁？"张鸿渐仔细一看，居然不是方氏，而是舜华。用手去摸摸儿子，原来是一具竹夫人罢了。他一时尴尬得说不出话来。舜华说："你的这颗心，我已经看透了！我们的缘分也到此为止了。幸好你还未忘掉我的恩情，勉强可以抵过！"

过了两三天，舜华忽然说："我想通了，痴痴地守着你的身子，究竟没有什么意思。你天天埋怨我不送你回去，今天我正要到京城去，可以顺便带你一起走。"于是从床头拿了一具竹夫人，两人一起骑着，舜华叫他把两眼闭起来。张鸿渐觉得离开地面并不太高，耳边响着飕飕的风声。过了一阵子，便降到地面上来。舜华说："现在我们就要分手了。"张鸿渐正要跟她约定下次见面的时间，舜华已没了踪影。

张鸿渐若有所失地站了一会儿，听到村子里的狗汪汪地吠着，在苍茫的暮色里，见到的树木房舍，全是故乡的景物，他沿着从前所熟悉的小路走了回去。他翻过了墙，敲敲门；就跟上一次"回来"时一样。方氏很惊讶地起来，起初还不相信是丈夫回来了，后来经过盘问证实，才把灯挑亮，哭哭啼啼地走出来。两人见面以后，哭得抬不起头来。这时，张鸿渐还以为是舜华在玩戏法，又看到床上有一个小孩,跟那天晚上的情景一样,越发地起疑,便笑着说:"又把这竹夫人拿到床上来做什么?"方氏被他弄得莫名其妙,生气地说:"我盼望你回来,过一天就像过一年那么久!枕头上的泪渍还未干呢!刚一见面,居然没有一点儿伤心和怜悯的意思,你真是太没良心了!"张鸿渐发现她的表情,似乎没有一点儿做作,这才相信确实回到了家里。他抓住了方氏的臂膀,不禁感伤起来,并且把刚才的情况原原本本地解释一遍。问起讼案审理的情形,方氏的回答跟舜华所说的完全一样。

夫妻两人正在感慨,听到了门外有脚步声,问来人是谁,居然没有人答应。原来村子里有个不良少年,看到方氏长得漂亮,已经打了很久的主意。那天从别的村子回来,远远看见一个人从墙上翻过去,以为一定是去跟方氏幽会的野男人,便跟了进去。那不良少年本来就不大认识张鸿渐,所以便伏在墙外偷听房里的动静。后来,方氏一再问来人是谁。那不良少年才说:"你先说在房里的是什么人?"方氏隐瞒他说:"哪里有什么人呢?"那不良少年说:"我已经偷听好久了,我可是来捉奸的呀!"方氏不得已,便把实情告诉了他。想不到那不良少年听了之后,竟大声嚷着说:"那张鸿渐结众造反的案子还未撤销,纵然是回家了,也应该把他绑起来送到官府去。"方氏又苦苦地哀求他。那不良少年抓到了把柄,嘴里便越来越不干净。张鸿渐满腔的怒火再也压制不住了,拿起刀来冲了出去,对准那不良少年的脑袋瓜子就是一刀。那不良少年倒在地上直叫,他又一连补上了几刀。方氏说:"事情已经到了这般田地,你的罪就更重了。你赶快逃走,杀人的责任由我来承担。"张鸿渐说:"男子汉死何足惜!哪里有使妻子受辱、孩子受累,自求活命的道理!你不必顾虑太多,只要叫这孩子好好读书,力求上进,我就是死也瞑目了。"天亮以后,就提着刀到县衙门里自首了。

赵知县因为他和结党造反的案子有关,是朝廷的要犯,只轻轻地惩罚了一下,便把他送到永平府里,再解押到京城去。张鸿渐被加上脚镣手铐,一路上吃尽了苦头。

有一天,在解送途中,遇到一个女郎骑马经过,一个老太婆替她牵着缰绳,张鸿渐一看,原来是舜华。他喊着老太婆,要跟她说话,才一开口,眼泪就随着声音掉了下来。舜华掉转马头,揭开了面纱,故做惊讶的表情说:"我以为是谁呢?原来是表哥!怎么到这里来的呢?"张鸿渐便跟她说了一个大概。舜华说:"照你平常对我那个样子,我是应该掉头不管的;可是我毕竟不忍心,寒舍就在前面,可以请两位差爷一起过来歇歇,我也好送他们一点儿路费。"他们跟着走了两三里路,见到了一个山村,楼阁高大而齐整。舜华从马上下来,叫老太婆打开大门请客人进去。不久,端上美味可口的酒菜,好像事先就准备好似的。又叫老太婆出来说:"因为家中没有男人,请张先生代劝差爷多喝两杯,以后还要麻烦他们多多照顾呢!这会儿我家主人已经叫人去筹措几十两银子,好送给您作路费,同时用来孝敬二位差爷,一刻还未回来。"两个差役听说有银子可拿,心里暗暗高兴,开怀畅饮,也不再催着赶路。到了黄昏,两个差役统统醉了。这时,舜华走了出来,用手指一指张鸿渐身上的脚镣手铐,那脚镣手铐立刻脱了下来。于是她拉着张鸿渐一起上马,只奔驰了一会儿,就对他说道:"你在这里下来吧!我跟妹妹约好了在青海见面,又为了你的事,耽搁了半天,她一定等得不耐烦了。"张鸿渐问道:"那我们什么时候再见面呢?"舜华没有回答他。他又问,便被推下了马。到天亮以后,向人一打听,原来已经到了太原。于是他就在府城里租了一间房子教起学生来。并且化名为宫子迁。

他在太原住了十年,打听一下,追捕他的风声已经没有从前那么紧了,便又一程一程地往东边走。他走到村子口,不敢马上进去,等到夜深人静的时候,才偷偷地溜了进去。到了自家门口,墙已经筑高了,没法子再翻过去,只好用鞭子敲门。过了一会儿,妻子才出来问是谁。张鸿渐小声地告诉了她。方氏高兴极了,便放他进去,又故意呵斥道:"这傻孩子!在京城里没有钱用,就应该早点回来!三更半夜的,派你来做什么?"进入室内之后,各自把近况说了一遍,才知道那两个差人还流亡在外,没有回来。正在说话的时候,帘子外一个少妇突然进来,张鸿渐问她是谁。方氏说:"她是你儿媳妇呀!"张鸿渐又问:"儿子呢?"方氏说:"到京城应试去了,还未回来呢?"张鸿渐感伤地说:"在外流浪了好多年,儿子居然已经成人了,想不到他真能读书上进,你的心血可以说是耗尽了。"话还未说完,媳妇已经热好了酒,烧好了饭菜,把整个桌子都摆满了,张鸿渐欣慰极了。

张鸿渐在家里住了几天,始终躲在房里,唯恐被别人知道。有一夜,方氏刚躺到床上,忽然听到人声嘈杂,并且有人急迫地打着大门。她害怕极了,马上从床上跳了下来。她听到有个人说:"他家有没有后门?"心里就更加的害怕,赶忙用门板子搭在墙上,把张鸿渐送了出去,然后才到门口去问发生了什么事情。一问之下,原来是儿子已经考上了举人,他们是来报喜的。方氏高兴极了,深深懊悔未弄清事情的真相,就叫丈夫逃走,想要追他回来,已经来不及了。

那天夜晚,张鸿渐落荒而逃,在野地里乱跑,到了天亮,已经疲困到了极点。本来他是预备向西面逃的,问问路上的人,居然离通往京城的大路不远了。于是他便往乡下走，打算把衣服当了，弄几个钱来吃饭。他看见一个大户人家，有一张报喜的红纸贴在墙壁上，走近一看，才知道这是姓许的人家，有人刚考上举人。不久，有个老先生从里面走出来，张鸿渐走上前去作揖，并且把自己的困难说了一遍。老先生见他一派斯文，知道他不是骗吃骗喝的无赖，就请他进去，热忱地招待他，并且问他打算到哪儿去。张鸿渐撒谎说，他原住在京城里教书，在回家的路上遇到了盗匪。老先生便把他留下来教小儿子读书。张鸿渐问他的家世，原来是一位朝廷的大官，现在已经退隐在家。新中的许举人，是他的侄儿。

过了个把月，许举人和一位跟他同榜的朋友回来了。那位举人十八九岁，姓张，也是永平府人。张鸿渐因为这位举人和自己既同乡又同姓，心里便怀疑他就是自己的儿子；可是一想，乡里姓张的毕竟不少，为免闹笑话，还是暂时不作声的好。到了晚上，那位举人脱下衣服要上床睡觉，露出了记载新举人姓名、家世的名册，张鸿渐赶忙借过来一看，那位举人果真是他儿子，眼泪不知不觉地流了下来。大家看见他这样，都很惊讶，一起过来问他原因。他指着册子上的一个姓名说："张鸿渐就是我啊！"他详细地说明了自己流亡的经过，张举人抱着父亲大哭。后来经过许家叔侄一再的劝慰，才转悲为喜。许老先生立刻送了一笔礼物给各有关部门的官员，并且附上了自己的亲笔信，要他们撤销对张鸿渐的通缉。这样一来，张鸿渐才能和儿子一同回家。

方氏自从得到儿子的捷报以后，每天都为张鸿渐的流亡感到难过，听说儿子回来，就越发地悲痛。不久，张鸿渐父子一同进来了，方氏觉得非常意外，问明了原因，一家人真是又悲伤又高兴。

那不良少年的父亲，见到张鸿渐的儿子已经腾达了，便不敢再动报复的念头。张鸿渐也就越发地对他好，又详细地把当年的情形说了一遍，那人也深深地为自己没有教好儿子而惭愧。从此，两人变成了很要好的朋友。（改写自《张鸿渐》）

【点评】

　　人的一生，会遭遇到一连串的磨难。固然有些是无可避免的，但是有些却是自己造成的。张鸿渐的三次逃亡，就是他遇事轻率、激动、慌张所付出的代价。冷静和理智，是我们处事应有的态度！

化狐

　　金陵有个卖酒的，每次酿好酒，下水的时候，都要加些有毒的醉剂；就是酒量再好的人，喝不到几杯也会烂醉如泥。远近的人都以为他家能酿好酒，生意也就一天天地兴隆起来，赚了很多很多的钱。

　　有一天清晨，卖酒的看到一只狐狸醉倒在酒槽的旁边，便把它的四条腿绑了起来。正要找刀来杀，狐狸已经醒了。狐狸苦苦地向他哀求说："只要不杀我，你要求什么，我都答应！"卖酒的见它如此说，便放掉了它。一转眼的工夫，它已变成了一个人。

　　那时巷子里有个姓孙的人家，大媳妇被狐狸精迷着了；卖酒的问狐狸，是不是它干的，狐狸坦白地承认了。卖酒的见那姓孙的小媳妇长得貌美如花，早已动了染指的心，就要狐狸带他一块儿去。

狐狸因为小媳妇很贤淑，不忍加害，觉得十分为难。可是卖酒的却一定要它履行先前的诺言。狐狸没办法，就带卖酒的到一个洞里，拿出一件粗布的衣服给他，并且跟卖酒的说："这是先兄留下来的，你穿上就可以到孙家去了。"卖酒的穿上衣服回去，家里的人都看不见他；换上了普通的衣服，才显现出形体。卖酒的高兴极了，就跟狐狸一同到孙家去。

他们到了孙家，看见墙上贴了一张大符，那笔画弯弯转转的像一条盘曲的巨龙。狐狸一见，拔脚就跑，口里嚷道："这和尚太厉害了，你自己去吧！"卖酒的缩手缩脚地走到跟前一看，果然看见一条真龙盘旋在孙家的墙上，昂着头像是要飞的样子。这下子卖酒的可吓得魂不附体，飞也似的逃了回来。原来姓孙的请了一位远方来的和尚，替他家大媳妇驱邪，和尚先把符交给了姓孙的带回来，自己随后就到。

第二天，和尚到了，便在孙家设了一个坛，作起法来。邻里的人都来看热闹，卖酒的也混在人群里面。忽然，卖酒的脸色大变，拔脚飞奔，那样子就像是要被捉一样。刚逃到门外，就倒在地上化成了一只狐狸，身上还穿着人的衣服呢！众人准备把他杀了，可是他的老婆和孩子一再叩头哀求，和尚动了慈悲之心，便叫他们牵了回去。他家里的人每天都喂以饮食，过了几个月便死了。（改写自《金陵乙》）

【点评】

有的人衣冠楚楚，可是他的行径却连禽兽都不如！在这个故事里，作者借着那个远方来的和尚，揭穿了那些伪劣人物的真相。

聊斋志异：瓜棚下的怪谭

卖酒的具有禽兽的心肠，和尚还给他一个禽兽的面目，这不是很公道吗？

贾奉雉成仙

贾奉雉是平凉①城的一位才子，文章写得非常好，在当时没有人比得上他。可是他参加科举考试，却每次都落榜。有一天，他在路上遇到一位秀才，那人自称姓郎，举止潇洒，议论也很精辟，于是就邀请他一起回家，拿出应考的文章来向他请教。姓郎的看完了他的作品，并不太称许，只是淡淡地说："足下的文章，参加小的考试，弄个第一名是够格了；但是参加大的考试就不同了，连个榜尾都挂不上。"贾奉雉听了有点不是味道，就问："这话怎么讲？"姓郎的说："天下的事，如果陈义太高，就很难如愿；要是能顺人从俗，那就容易多了。这个道理何须我多说呢？"于是姓郎的列举了一两个人的作品为标准，这些作品都是贾奉雉看不上眼的。贾奉雉说："读书人写文章，应该追求它永恒的价值，尽量求好。像你选的这些文章，就是靠它猎取了功名，做了中央大员，风格也不会高到哪里去。"姓郎的说："话不是这样讲。文章虽然做得好，可是如果没有地位，还是传不下去的。你如果想抱着作品默默无闻地过一辈子，那当然可以；要知道，那些主考官们都是靠着这种狗屁文章出身的，恐怕不会为老兄的大作而另换一双眼睛、一个脑袋

---

① 平凉：今甘肃平凉市，清朝为平凉府治。

吧?"贾奉雉听了,一语不发。姓郎的站起来说:"所谓少年气盛,也难怪你听不进去!"于是拍拍屁股走了。

这年秋天,贾奉雉又落了榜,每天闷闷不乐,突然想起姓郎的话,便把他从前介绍过的范文,勉强地拿来念。还未念完一篇,就昏昏沉沉地想睡觉,内心彷徨极了,没有法子镇定下来。

又过了三年,考试的日期快到了,姓郎的忽然来到,大家高高兴兴地见了面。于是姓郎的拿出七道模拟试题,要贾奉雉练习。隔了一天,姓郎的把贾奉雉的作品要过来看,觉得很不满意;于是又要他重做,做好了,姓郎的又着实地批评了一顿。贾奉雉一气之下,索兴跟姓郎的开个玩笑,从落榜的卷子里找些繁冗浮泛、不敢给别人看的句子,拼凑起来,等姓郎的来了拿给他看。哪想到姓郎的看了,居然高兴地说:"这下子行了!"于是叫贾奉雉把内容牢牢记住,不要忘记。贾奉雉笑着说:"不瞒您说,这些话都不是出自我的肺腑,一眨眼的工夫我就会忘得一干二净,就是用鞭子拼命地抽我,我也记不得一个字。"姓郎的坐在桌子旁,强迫他再念一遍,又叫他脱下上衣,在他背上画了个符才走。姓郎的说:"这样子就够了,其他的经史子集都可以不必看了。"贾奉雉看看他画的符,居然深入肌肤,洗也洗不掉。

贾奉雉进了考场,看见主考官出的题目竟然和姓郎的七个模拟试题完全一样。回想他以前的一些作品,没有一篇是记得的,只有那些开玩笑时拼凑起来的文字,还清清楚楚地留在脑海中。可是握起笔来写,始终觉得很可耻;想要改动一两个字,纵然是挖空脑子,也想不出来。眼看太阳已经西沉,交卷时间快要到了,只好把那些拼凑的东西一字不漏地抄上去。出了试场,姓郎的已经等候很久了。贾奉雉把试场中的情况原原本本地说了一遍,要求姓郎的把背上的符擦掉；但仔细一看，那道符已经不见了。再回忆一下考场中写的东西，竟像是前辈子写的一样。贾奉雉惊奇得不得了。于是问姓郎的为什么不用这套法术给自己弄个出身。姓郎的笑道："我从来没有这样的念头，所以能不读这样的文章。"于是两人约定明天到姓郎的家里去。

姓郎的走后，贾奉雉拿起稿子看，觉得句句都言不由衷，心里很不舒服。第二天也就不再去看姓郎的。

不久，发榜了，贾奉雉居然高中榜首。他再把旧稿拿出来看，读了一阵子，就冒一阵子汗。整个读完，汗水已湿透了两层衣服。他自言自语地说："这种文章一公开，我还有什么面目见天下的读书人呢？"正在自惭自责的当儿，姓郎的忽然来了。姓郎的说："你希望考上，现在已经考上了，为什么还闷闷不乐呢？"贾奉雉说："我刚才也想了一会儿，用金盆玉碗来盛狗屎，真没有面子去见我的朋友。我准备逃到山里去，永远不要再回到这世上来。"姓郎的说："这样做也过分了一点，恐怕不是你办得到的，你果能如此，我可以引你去见一个人，他能使你长生不老；到那时候，就连千秋之名，你都不会留恋，何况这偶然得来的富贵呢？"贾奉雉很高兴，就留姓郎的住下来。并且告诉姓郎的，他有意考虑这个问题。到了天亮，贾奉雉跟姓郎的说："我已经拿定主意了。"也不与妻子话别，便悄悄地跟姓郎的走了。

他们进入一座深山，到了一个洞府，洞中别有天地。有一个老先生坐在堂上，姓郎的叫贾奉雉拜见他，称他为师父。老先生说："怎么来得这么早？"姓郎的说："这个人求道的意念很坚，请师父收留。"老先生对贾奉雉说："你既然来了，必须把你的一身置之度外，这样才能求得道法。"贾奉雉满口答应。

贾奉雉成仙

姓郎的把贾奉雉送到一个院子里，安顿了他住宿的地方，又送给他一些吃的喝的才离开。房间非常精致雅洁，但是门却没有板，窗也没有棂，房里只有一几一榻。贾奉雉脱了鞋子上床，月光已经照射进来了。他觉得肚子有点儿饿，就随手拿些东西吃，那些东西香甜可口，只消吃一点儿就饱了。他本以为姓郎的会再来的，哪想到坐了很久，还是没有一点儿动静。只觉得满室清香，自己的五脏六腑仿佛透明了似的，血脉筋络都可以数得一清二楚。忽然听到一声尖叫，像是猫儿在抓痒。从窗口向外一看，原来是一只老虎蹲在屋檐下。贾奉雉突然见到老虎，非常害怕；但是一想起师父说过的话，就又收敛起涣散的精神，端端正正地坐着。老虎好像知道房里有人，不久便走近床榻，气咻咻地，嗅遍了贾奉雉的腿和脚。不久，听到院中有骚动的声音，好像鸡被绑起来一般，老虎便很快地跑出去了。又坐了一会儿，一个美丽的女人进来了，身上散发着诱人的香气，悄悄地爬上了床榻，挨着贾奉雉的耳边说："我来了。"才一说话，口齿间就散发出像兰花一样的幽香。贾奉雉仍然闭着眼睛，没有一点反应。那女人又低声说："该睡了吧！"声音很像是他的妻子，这时心里稍稍被激起了一点涟漪。转念之间，贾奉雉又想到："这可能又是师父试探我的幻术。"仍然一动也不动地闭着眼睛。那个美人于是又说了一些贾奉雉夫妻间常说的话，贾奉雉听了，不觉心头大动。张开眼睛一看，果真是他的妻子。贾奉雉问他妻子是怎么来的，妻子回答说："郎先生怕你寂寞，想回家，叫一个老太婆引我来的。"言谈之间，对于贾奉雉的不告而别，很是埋怨。贾奉雉安慰她许久，她才转怒为喜。夫妻便谈天说地，一直依偎到天亮。忽然听到那老先生在骂人，声音渐渐接近庭院。贾奉雉的妻子赶快从床榻上跳下来，看看也没有什么地方躲藏，就翻过矮墙逃走了。

不久，姓郎的跟着老先生进来了，老先生当着贾奉雉的面把姓郎的打了几棍子，并且叫姓郎的立刻把贾奉雉赶走。姓郎的领着贾奉雉也从矮墙翻了过去，并且把回去的路告诉了他。

贾奉雉从山上往下看，可以清清楚楚地看到自己所住的村庄。心想：妻子走得慢，一定还停留在路上，于是便放快了脚步。走了一里多路，已经到达家门，只见房屋零零落落的，面目完全不同了。村子里的老老小小，没有一个是认识的。他觉得诧异极了，也不敢回到自己的家里去，就在对门坐下来休息。

过了一阵子，有一个老头子拄着拐杖出来，贾奉雉走上前去作了一个揖，问道："贾家在哪里？"老头子指着那房子说："这就是的呀！你是不是想打听这里发生的怪事？这个我可是一清二楚的。据说从前那位贾奉雉先生，一听说考上了进士，便悄悄逃走了。那时候，他的儿子才七八岁。又过了十四五年，贾先生的太太忽然大睡不醒。儿子在世的时候，一遇到天气转热转凉，都要替她换衣服。儿子死后，两个孙子穷下去了，房子也破败了，只能用木头撑着，上面盖点茅草，蔽蔽风雨。一个多月前，贾先生的太太忽然醒了，掐指一算，已经睡了一百多年。远近的人听到这件怪事，都来探看，直到这几天，人才少了一些。"贾奉雉听了，恍然大悟地说："老先生，您不知道我正是贾奉雉啊！"那老头一听，吓了一跳，赶快跑去通报贾奉雉的家人。当时，贾奉雉的长孙已经过世；次孙贾祥，也已经五十多岁。因为贾奉雉看起来年纪很轻，也不敢贸然辨认。过了一会儿，老夫人出来了，才认出他果然是贾奉雉。两人泪眼相看，不禁悲从中来。

贾奉雉没有房子可住，只好暂住在孙子家里。那大大小小、男男女女，挤在他身边的，都是他的曾孙和玄孙，多半粗鄙而没有知识。长孙媳妇吴氏，打了点酒，预备了些粗茶淡饭招待他。又叫小儿子夫妇，和自己同住一房，整理好房间给祖公祖婆住。贾奉雉走进房间，满屋子都是烟尘和小孩的尿，各种气味，熏得人作呕。过了几天，恼恨得不得了，实在没法子再待下去了。两个孙子家轮流供他们吃喝；那长孙媳妇吴氏是读书人家的女儿，还懂得一点做女人家的道理，对他们老夫妇一直很孝敬。至于那次孙贾祥就不一样了，他们供应的食物一天比一天少，有时候送东西来，还粗声粗气的，一点都没有礼貌。贾奉雉气坏了，索性把妻子带走，到东村教书去了。贾奉雉经常跟妻子说："这一次回来，我真后悔，可是已经来不及了。现在日子这样难以打发，只好再搞我那老一套了，只要我不存羞耻心，大富大贵是不难求得的。"

过了一年多，吴氏还常常送东西来，而贾祥父子连人影都看不到了。这一年，他又考上了秀才，县太爷很赏识他的文章，厚厚地送他一笔钱财，日子比从前稍微好过些，这时候，贾祥也渐渐来走动了。贾奉雉把他叫来，算一算从前他们夫妇的耗费，悉数还给了他。于是买了栋新房子，叫吴氏母子搬来一起住。

贾奉雉从山中回来以后，脑筋更加清楚了。没有多久，又考上了进士。又过几年，便以侍御史的身份巡视两浙地方，名声非常显赫，家中的阔绰豪华，远近的人无不称羡。贾奉雉做人很耿直，即使对于有权有势的人也不假以辞色，于是朝廷里一些腐败的官僚，便想恶意地中伤他。贾奉雉屡次上疏请求退休，都未蒙皇上赐准，不久，大祸便临头了。

原来，贾祥的六个儿子都是不务正业的家伙。贾奉雉虽然把他们赶走，不准他们再上门，可是他们还是偷偷地仗着贾奉雉的权

聊斋志异：瓜棚下的怪谭

势胡来乱搞，经常霸占人家的土地房舍，乡里的人头痛极了。有一个乡下的人，娶了一房新媳妇，贾祥的二儿子便把她夺过来做小老婆。这个乡下人本来就不好惹，加上乡里的人被欺压久了，动了公愤，纷纷捐钱帮助那乡下人打官司。这件事传到了京师，那些当权的大官便弹劾他。贾奉雉没有法子表白自己的无辜，便被撤职拿问了。过了一年后，贾祥和他的儿子都病死在狱中，贾奉雉被判充军辽阳①。贾奉雉把一些琐事托给长孙媳妇的儿子贾杲，带着一个男仆和一个女仆上路了。贾奉雉慨叹地说："十多年的富贵，还赶不上一个梦的长久！现在才知道荣华富贵的生活，就是地狱的境界，比起入山求道的人，反而多制造了一层罪孽！"

过了几天，到了一个海边，远远见有条大船驶来，乐声悠扬，随从的人都像是天上的神仙。船渐渐地靠近了，船上走出一个人来，笑着请贾奉雉过船休息一下，贾奉雉见了非常高兴，纵身一跃，便上了船，那些解差也不敢阻拦。他的妻子急忙想跟上去，可是船已经驶远了，于是一气之下，便跳进海里。在水里漂浮了一程，只见有一个人抛下了一条白色的丝绳，把她给拉上了船。解差叫船夫划着船，一边追赶，一边呼叫，可是听到的只是如雷的鼓声，和澎湃的海涛声，一眨眼的工夫，船已看不到了。贾奉雉的家仆认识那个带走他的人，就是姓郎的秀才。（改写自《贾奉雉》）

---

① 辽阳：今辽宁辽阳市，清初属辽阳府。

【点评】

这一篇小说,表达了作者对于科举制度的嘲讽和厌弃。在那种制度下,所造就出来的都是些没有识见的读书人,他们一旦做了官,那百姓们只有受害的份儿。所以作者借着贾奉雉的口吻慨叹地说:"荣华富贵的生活,就是地狱的境界,比起入山求道的人,反而多制造了一层罪孽!"

黑色的指印

瑞云是杭州的名妓,她的姿色和才艺都没有人比得上。十四岁那年,她的鸨母蔡妈妈就要她接待客人。瑞云央求着说:"这是我另一段生活的开始,不好太草率。身价由您决定,可是客人要由我自己来选择。"鸨母答应了,于是定下十五两银子的身价。

瑞云从此开始接见客人。凡是来见她的客人,都带着礼物,礼物厚重的,瑞云就陪他下一局棋,或赠送他一幅画;礼物薄的,只留他喝一杯茶就打发走了。

她的名声早已传遍各地,自从接待客人以后,许多富商和贵族子弟都纷纷上门来找她。

余杭县①有个姓贺的书生,颇具有才子的名气,但家道只是小康而已。他一向仰慕瑞云,原来不敢存有得到她的梦想,但也竭力

---

① 余杭县:今浙江杭州市余杭区,清代属杭州府。

筹措一笔像样的礼金,希望能够借此一睹美人的风采。但他又暗自担心她接待的富人多,一定会看不起寒酸的人,而不把自己放在眼里。等到见了面,彼此交谈,竟是十分的投合,瑞云格外殷勤地招待他,和他促膝长谈,眉目间流露着款款深情,并且又赠送一首诗给他,这诗是:

为什么那些求取仙液的人们,
偏要到蓝桥去叩神仙的门呢?
如果诚心要追求幸福,
那只有在人间才能寻到!

书生看了这首诗,快乐得发狂似的,想要再说些心里的话,偏偏小丫头来说有客人求见,他只好匆匆告别。回到家,一遍又一遍地吟咏诗句,不自禁的整日魂牵梦系起来。过了一两天,实在受不了这种炽热的感情的煎熬,便又安排一番,再度前往。瑞云十分高兴地接见他,紧紧地依偎在他身边,悄悄地对他说:"能不能想办法使你我整晚相聚?"书生说:"我是个穷困的读书人,有的只是心中的一片赤诚,可以拿来献给知己而已。那一点点的礼金,已经是尽了我全部的能力,能和你见面,我已心满意足,至于肌肤之亲,我哪敢做这样的梦想!"瑞云听了,郁郁不乐,两人默默相对,都不说一句话。书生坐了许久没有出去,蔡妈妈再三地叫瑞云早点催他走,他这才离去。

他又忧伤又烦闷,想要把家中的田产变卖,来换取一夜的欢乐,可是想到漏尽天明时仍要分别,那种凄凉的情境,岂不是更加难受?想到这里,一切的热望都冰消了。从此就再没有和瑞云联系了。

瑞云想选择第一个和她共度良宵的人,几个月来一直找不到

黑色的指印

适当的对象，鸨母为着这事对她很不满意。正要强迫她的时候，有个秀才带着见面礼来了。他坐下和瑞云谈了几句话，便起身用一个手指按在瑞云的额头上说："可惜呀！可惜！"说完后就走了。

瑞云送走了客人，大家都看到她额上有一块像墨一样黑的手指印，瑞云立刻去清洗，不料那印子却是越洗越深。过了几天，黑的痕迹渐渐扩大，一年多以后，蔓延到整根鼻梁和脸部了，见到她的人常常讥笑她，而她的客人也一天比一天减少，终于一个上门的都没有了。

鸨母见她已无利可图，就命她去卸妆扮，和婢女一起做些粗重的工作，瑞云又因身体柔弱，不能胜任这种苦事，因此，一天比一天憔悴。

姓贺的书生知道了瑞云的遭遇，急忙赶来看她。见她蓬着头在厨房里工作，丑陋得就像鬼物一样。她抬起头来看见了书生，慌忙地把脸转向墙壁，企图隐藏自己的丑相。书生见了，很怜惜她，就和鸨母说愿意为她赎身，鸨母答应了。他就卖了田产家具，把她赎回去了。

进了家门，瑞云牵着书生的衣服哭泣着表示自己心中的感激，并且表明不敢担当妻子的名分，甘愿做妾来供他使唤，而把妻子的名分和地位留给其他的女孩子。书生说："人生最可贵的就是知己。你从前得意的时候能够看得起我，我又怎么能在你失意的时候忘却你的恩情呢？"于是他决定不再迎娶别的女孩。听到这件事的人们都取笑他，可是他却爱她爱得更真挚、更热烈。

过了一年多，姓贺的偶然到苏州去，在旅馆遇到一个姓和的文人，忽然问起他："杭州有个名妓叫瑞云的，近况不知道怎么样了？"姓贺的说她已嫁了人，对方又问嫁的是什么人。他回答说：

聊斋志异：瓜棚下的怪谭

"这个人大概和我差不多吧！"姓和的说："如果她真的嫁了个和您一样的人，那的确是找到个好归宿了。不知道身价是多少？"姓贺的说："由于她患了一种奇怪的毛病，所以鸨母就随便地把她贱卖了。要不是这样，像我这样身份的人，怎能花得起钱从妓院里娶到美丽的女子呢？"对方又问："她嫁的人真像您一样好吗？"姓贺的见他一再地追问，觉得很奇怪，于是反问他什么缘故，姓和的笑着说："不瞒您说，我曾经见过她一次，对她那超越流俗的姿容十分爱怜，又觉得她流落风尘，实在可惜！所以施了一点小小的法术，把她那耀人的光彩隐藏起来，使她能够保全美玉般的洁白，等待真正爱惜她的人去鉴赏。"姓贺的急忙问道："你既能点上黑印，是不是也能消除它呢？"姓和的笑着说："怎么不能呢？但必须她的丈夫诚恳地请求罢了！"姓贺的立刻起来行礼，说："瑞云的夫婿就是我！"姓和的非常高兴地说："天下只有真正的才子，才懂得爱情的真谛，不因外在美丑的变化而改变初衷，请您带我回去，让我把尊夫人的美丽还给她。"于是和他一同回家。到了家里，姓贺的正要吩咐妻子预备酒菜，姓和的阻止他说："慢点！等我先施法术。何不让尊夫人怀着愉快的心情料理酒食呢？"姓和的立刻要姓贺的用脸盆盛好了水，然后伸出两只手指在水面上写了些字，说："用这水洗脸，脸上的黑印就会立刻褪去；不过，尊夫人一定要亲自出来向医她的人道谢哟！"姓贺的笑着把水捧进去，站在旁边看着瑞云洗脸。刚洗完，脸上立即变得光滑洁净，又恢复了当年的艳丽。

  夫妇俩都非常的感激，赶紧一同走出来向客人道谢，却已看不见客人的踪影，到处寻找，始终没有找到，他们这才想到：大概是遇到了一位仙人吧！（改写自《瑞云》）

【点评】

一个材质美好的人,在纷扰的环境中,若能韬光养晦,自然可以保持他的清纯,进而等待机会,达成愿望。一个情操高尚的人,绝不会因为外表的变化,而改变初衷,舍弃理想。黑色的指印,掩盖的是世俗人眼里的光彩,而不是佳人才子内在的灵明。

黄 英

顺天府^①有个叫马子才的人,他家世世代代都喜欢菊花,到了马子才,喜欢得尤其厉害。他只要听说哪儿有好的品种,一定要设法把它买来,就是跋涉千里,他也不怕。

有一天,一个金陵来的客人住在他家,那客人说他的表亲家有一两种菊花,是北方所没有的。马子才听了,欣然色喜,马上整理行装,跟着客人一起到金陵去。

到了金陵,那客人多方为他搜求,终于得到了两棵雏菊,马子才把它小心翼翼地包藏起来,就像得到了宝贝一样。他在回家的半路上,遇到了一个少年,骑着一匹毛驴跟在一辆车子后面,那少年的仪表非常潇洒,他就渐渐靠过去跟他聊起天来。那少年自称姓陶,谈吐极为脱俗。他问马子才是从哪儿来的。马子才便把到金陵寻访菊花的事告诉了他。那少年说:"不管哪一个品种都是好的,

---

① 顺天府:在今北京一带。

至于花开得好不好，完全要看人们怎么栽培和灌溉。"接着两人便讨论起种菊花的要领来。马子才很高兴，便问他要到哪儿去。那少年回答说："家姐在金陵住腻了，打算搬到河北去住。"马子才欢喜地说："我虽然一向贫穷，但是那几间茅草房还可以勉强住得，如果你们姐弟不嫌简陋，就不必到别的地方去了。"那姓陶的少年听他这么说，就赶到车前，请示姐姐的意见。车上的人推开帘子，探出头来说话，马子才一看，原来是一个二十来岁的绝代佳人。她跟弟弟说："屋子矮小倒不打紧，但是院子一定得广阔些。"姓陶的少年衡量一下，马宅的条件差不多，就代姐姐答应了。于是姐弟两人就跟着马子才一起回家。

　　马家的南面有一块荒弃的园子，园子里有三四间小屋，姓陶的很喜欢那个环境，就在那儿住下来。从此以后，他每天都到北面的院子来，替马子才种菊花。凡是枯死了的，就把它连根拔起，然后再栽下去，很快地，又活过来了。不过，姓陶的家里很穷，马子才每天跟他在一块儿吃饭喝酒；看他的家里，好像从来没有生火煮过饭。马子才的妻子吕氏，也很喜欢姓陶的姐姐，时常给他们送上一升半斗的米。

　　姓陶的姐姐小名叫黄英，很会聊天，经常到吕氏那儿去，同她一起做活儿。有一天，那姓陶的对马子才说："你家向来不宽裕，我们却天天白吃白喝的，连累了你这位好朋友，这样下去怎么可以呢？为眼前打算，卖菊花也可以糊口啊。"马子才一向廉介，听了姓陶的话，便有点瞧不起他，说："我本以为你是一个风流清高的人，能安于贫苦的生活。今天你说出这样的话来，岂不是把种菊花的园子当作营利的场所了吗？这对菊花是一种侮辱啊！"姓陶的笑着说："靠自己的劳力吃饭，不算是贪财；把卖花当作职业，也不算是俗气。人固然不可以不择手段地求富，可是也不必一定去求贫啊！"马子才一言不发，姓陶的见话不投机，便起身告辞。从此以后，凡是马子才所丢弃的残枝劣种，姓陶的统统捡了回去。因为马子才不同意他的计划，他也就不到马家去吃饭了，只有马家来请他的时候，他才去。

不久，菊花开了，马子才听见陶家门前热闹得像市场一样，觉得很奇怪，就走过去看个究竟。只见那些买花的人，有的用车子运，有的用肩膀扛，在路上连绵不断。姓陶的菊花，品种都很珍贵，全是他从来没看过的。马子才心里很讨厌他的贪婪，想要跟他断绝关系，可是又恨他私藏了好的品种。便来敲他的门，要找他理论。

那姓陶的从里面出来，牵着他的手走进去，只见从前荒弃了的园子，现在已种满了菊花，除了几间小屋子以外，再也没有别的空地了。锄掉一株的地方，就折了别的菊枝插补进去，那花圃上的蓓蕾，没有一朵不是好看的，可是再仔细一看，居然统统是他从前所丢弃的。

姓陶的走到屋里去，拿出吃的喝的在花圃旁边摆起酒席来。他说："我太穷了，没有法子保持清高的操守，这几天我侥幸地赚了几文，拿来喝喝酒是够了。"过了一会儿，屋里有人喊："三郎"，姓陶的答应一声便进去了。接着，他端上了可口的菜肴，烹饪得非常精美。于是马子才便问道："令姐怎么还不嫁人呢？"姓陶的回答说："还没有到时候哩！"马子才又问："要等到什么时候呢？"姓陶的说："再过四十三个月。"马子才又问："什么原因呢？"姓陶的只是微笑不语。这次两人喝得非常开心才散席。

第二天，马子才到陶家去，看见他新插种的菊花已经有一尺高了，感到奇怪极了，就苦苦地要求姓陶的把种法告诉他。姓陶的说："这个道理并不是言语所能表达的，况且，你又不靠它谋生，知道了又有什么用呢？"又过了几天，门前渐渐沉寂了下来，姓陶的便以蒲席包着剩余的菊花，打成了好几捆，放在车上载走了。

隔一年，春天已过去了一半，姓陶的少年才从南方运着一些珍异的花回来。他在大街上开了一家花店，只有十天的时间，就把花卖完了，于是又回到家里种菊花。前一年跟他买花的人，花谢了以后，都把根留下来，可是到了第二年，又统统变成了劣种，于是又来跟姓陶的买花。姓陶的因此一天天地富有起来。第一年，添盖了一些房子，第二年便盖起大厦了，事事都很称心如意，再也不跟姓马的这个主人打交道了。渐渐地，从前的花圃，都被改建为房舍。他又买了一大块田，在四周筑起围墙，统统种上菊花。到了这年秋天，便载着花到别处去。可是第二年春天过去了，他并没有回来。

这时，马子才的妻子病死了，他有意再娶黄英，便偷偷地请人向她暗示。黄英只是微笑，那样子好像是答应了，只是要等姓陶的回来罢了。可是整整过了一年多，那姓陶的仍然没有回来。黄英便督导仆人种菊花，就跟姓陶的在家时一样。赚到了钱，又去做其他的买卖，在村外买了二十几亩肥田，房屋建筑也更加壮丽了。

突然，有一位客人从广东来，带来了姓陶的一封信，拆开来一看，信里面要姐姐嫁给姓马的，一查寄信的日子，正是马妻去世那一天。马子才想起那次和姓陶的在园子里喝酒，到现在正好是四十三个月。他觉得奇怪极了，就把信拿给黄英看，问她聘礼要送到什么地方。黄英婉谢了聘礼，可是因为老房子简陋，要他到南面的屋子来住，好像是招赘的样子；马子才不肯同意，于是便选了个黄道吉日，把黄英娶了过来。

黄英嫁给马子才以后，就在墙上开一个门，使它与南面的房屋相通，每天都回到自己的家里去督导仆人工作。马子才认为依靠妻子而富有，是件可耻的事，常常催促黄英立好南北两屋的账簿，分别记下收支的情形，免得两家财物混淆不清。可是日常家用的东西，却多半是从南屋取来的。不到半年的时间，马家所看到的，统统是陶家的东西。马子才发现了就立刻叫人送回去，并且告诉他们，以后绝不可以再拿过来。可是不到十天，陶家的东西又混进来了。这样，搬来搬去的，一共搞了好几次，情形毫无改善，马子才真是烦透了。黄英笑着说："我清廉的先生，你这样子不是太劳碌了吗？"马子才觉得很惭愧，也就不再去管它，一切都听黄英去安排了。

　　于是黄英雇工人，买材料，大规模地盖起房子来；马子才也禁止不了她。过了几月，南北的楼房便连在一起，两家合成一家了。不过，黄英还是听从了马子才的话，关起门来不再卖菊花了，可是他们的享受，却不比世家大族差。马子才很不安心，他说："我三十年来的清高德行，由于受到你的牵累，一下子败坏得差不多了。现在我活在世间，只是依靠女人吃饭，连一点丈夫气概都没有了，人家都愿意富，唯独我愿意穷！"黄英说："我并不是贪得无厌，但是如果不稍稍弄点钱，改善一下生活，那么千年以后的人，都会说那清高的陶渊明①是天生的贫贱骨头，就是一百世也不能发达，所以我只是想让我家这位陶渊明不受人家的嘲笑罢了。不过，穷人想富是不容易的，富人想穷却一点儿也不难。我储积的那些钱，你只管拿去花，我绝不吝惜。"马子才说："拿人家的钱去乱花，也是件可耻的事。"黄英说："你不愿意富裕，我也不愿意贫穷。这样，只有一个办法可以解决：我们分开来住。让清高的人保持他的

----

①　陶渊明：名潜，晋朝人，淡泊荣利，爱饮酒，也爱菊花，有自然诗人之称。

聊斋志异：瓜棚下的怪谭

清高，污浊的人自甘他的污浊，这也没有什么不可以呀！"于是便在园子里盖了一间茅草房，选了几个漂亮的婢女，去侍候马子才，马子才觉得非常适意。可是过了几天，他好想念黄英，叫人去请她，她又不肯过来，不得已，只好自己跑去找她。每隔一夜，便去找她一次，很少例外。黄英笑着说："在东边吃饭，又跑到西边睡觉，清高的人应该不是这样的！"马子才听了，也无话可答，只有苦笑的份儿，于是，两人又住在一块了。

　　不久，马子才有事到金陵去，那时，正是菊花盛开的秋天。有一天早上，他经过一个花店，看到店里陈列着很多盆的花，样式和花朵都很美丽，他心头一动，怀疑它们都是姓陶的栽培的。过了一会儿，店主人出来了，马子才一看，果然是姓陶的。两人高兴极了，互相倾诉别后的情况。于是，他就住在姓陶的店里。

　　过了几天，马子才便邀姓陶的一起回去，姓陶的说："金陵是我的故乡，我将在这里娶妻生子。我现在手头还有点积蓄，麻烦你带给姐姐，告诉她我在年尾会抽空去看她。"马子才不肯，越发地苦求他，并且说："家里侥幸地宽裕了，只需坐在那儿吃喝，也不用再做买卖了。"于是他就坐在店子里，叫仆人代做买卖，把价钱定得低低的，只有几天的工夫，就把花统统卖完了。于是便逼迫姓陶的打好行李，跟他一起租船到北方去。

　　他们两人回到家里，姓陶的姐姐已经整理好了房间，床榻被褥也安排得好好的，好像预知她弟弟要回来似的。姓陶的一卸下行装，就督导着仆人工作，把庭园大大地修整了一番。从此以后，便天天跟马子才在一块儿下棋喝酒，也不再去结交新的朋友。马子才要替他找一门亲事，他总是坚持不要，他的姐姐便派了两个婢女去照顾他的饮食起居。

姓陶的酒量，一向很大，从来未见他醉过。马子才有个姓曾的朋友，酒量也没有敌手，他去拜访马子才，马子才便叫他跟姓陶的较量较量。他们两人放怀畅饮，大有相见恨晚之慨。他们从早上一直喝到深夜，每人喝了一百壶左右。姓曾的烂醉如泥，在座位上呼呼大睡起来。姓陶的站起来要回去睡觉，走出门外，踏到了花圃，便倒了下去。他把衣服脱掉，放在一边，自己就化成菊花了。那棵菊花约有一人高，上面开了十几朵花，都比拳头还大。马子才吓坏了，马上去告诉黄英，黄英赶忙把它拔起来放在地上，并且说："怎么醉成这个样子？"就拿衣服把它盖起来，叫马子才跟她一道离开，别去看它。

天亮以后，马子才到那儿一看，赫然发现，那株菊花又变成了姓陶的。他仍然在花圃旁躺着。这一下子他才恍然大悟，陶家姐弟原来是菊花精。（改写自《黄英》）

【点评】

真正的清高，应该是顺乎自然，通乎人情的；否则，便流于矫揉造作。这个故事里的菊花，就是陶渊明的化身，它告诉了我们清高和迂腐的分际，澄清了人们被扭曲的概念。

清虚奇石

从前，北京有一个叫邢云飞的人，他很喜欢石头，每当见到

聊斋志异：瓜棚下的怪谭

奇形怪状的石头，便不惜用很高的价钱买下。有一回在河边捕鱼，渔网似乎被某种东西钩住了，他潜水下去，发现是一块直径约一尺的石头，捞起来仔细看，这石头显得玲珑剔透，上面突起的部分像重重叠叠秀丽的山峰。邢云飞如获至宝，心里快活极了。带回家以后，特地雕刻了一座紫檀木的架子，把这块石头供在客厅的桌案上。奇怪得很，每当快要下雨的时候，这石头上的许多小孔便会冒出一朵一朵的云雾来。

一个有权有势的土豪知道了这件事儿，就上门要看看这石头，当他拿到手里以后，立刻交给了一个跟来的爪牙，居然夺门策马而去。邢云飞遇到这样蛮不讲理的人，却又对他们无可奈何，气愤得直跺脚。

那个土豪的爪牙拿着石头到了河边，在桥上休息的时候，忽然失手将它掉进了河里。土豪十分生气，把这爪牙鞭打了一顿，又立刻花了很多钱雇人到河里寻找，却始终没有找到，最后只好在桥上贴出悬赏的告示，谁要是找到了送去，便有重谢。从这以后，贪求赏金的人都纷纷下到河里去寻，几乎每天都挤满一河的人，可是竟没有一个人找到。

过了一些时日，邢云飞走到那条河边，看到河水，想起被人抢走的石头，不禁又悲伤起来。正在这时候，突然看见清澈的河底静静地躺着那块被土豪抢走的奇石，他又惊又喜，立刻脱下衣服，跳进水中把它抱了起来，这才发现紫檀架子仍完好无缺地嵌在上面。回家以后，他不再放置在客厅里，而是刻意地把内室整理一番，把它供奉起来，以免再发生上次那样不幸的事情。

有一天，一个老人来敲门，要求见见这块石头，邢云飞推说早已被抢走了。老人笑着说："您在客房里放置的，不就是吗？"

邢云飞心里想:"反正我是藏在内室的。"为了证实客房里确实没有,就引老人到客房去看。进了客房,那块石头竟然陈列在小几上,这时邢云飞惊愕得说不出话来。老人轻轻地抚摸着石头说:"这是我家的古董,丢失已经很久了,原来在您这儿,既然让我找到了,就请您把它还给我吧!"邢云飞很着急,说这石头明明是自己的。两人相持不下,都争说是石头的主人。老人笑着说:"您说是您的东西,那您的凭证是什么?"邢云飞无法回答。老人接着说:"这东西原本是我的,我对它了解得很清楚,它的四周一共有九十二个孔,大孔里还刻了五个字:'清虚天石供'。"邢云飞仔细察看,大孔里果然有小字,比米粒还要小,竭尽眼力,才勉强可以辨认,再数它的孔,也符合老人所说的数目。邢云飞无话可说,却又难以割舍,便坚持不肯给。老人笑着说:"是谁家的东西?难道可以任凭您做主吗?"然后便作揖行礼而去。邢云飞送到门外,再回到屋里,却见不到石头,又赶紧去追那老人。原来那老人还没走多远,他狂奔过去牵着老人的衣袖哀求,老人说:"奇怪了,直径尺把大的石头,难道可以握在手里,藏在袖子里吗?"邢云飞知道眼前这位老人是神仙,就苦苦地拉他回去,又跪在地上求他。老人说:"这石头到底是您家的呢,还是我家的呢?"邢云飞回答说:"这石头诚然是您老人家所有,只是求您割爱,把它让给我吧!"老人说:"既是这样,石头不是仍在老地方吗?"邢云飞进房里一看,石头已经回到原来放置的地方了。老人说:"天下的宝物,应当归于爱惜它的人。这块石头能自己选择主人,我非常高兴。但是它急着要表现自己,出现得太早,因此难逃劫难。我要将它带走,实在是打算三年之后,再拿来赠送给您的。现在您既然要留它下来,那么就必须减少您三年的寿数,才能和您终生相守,您愿意吗?"邢云飞听到石头可以归自己所有,开心得猛点头说:"愿意!"老人于是用两个手指头捏一个孔,奇怪的是这时孔软得像泥土一样,随手就把孔封闭了。连续封闭了三个孔,然后说:"现在石头上的孔数,就是您的寿数了。"随即道别,邢云飞一再挽留,都留不住,问老人的姓名,他也不肯吐露,终于离开了。

过了一年多,邢云飞因为出去办事,而留宿在外面,碰巧这一夜家里遭小偷光顾,小偷什么都没有拿,独独把这块石头偷走了。邢云飞回来,伤痛得几乎晕死过去。他不断地到处察访,却全然得不到踪迹,这样寻找了好几年,一直没有下落。有一天,偶然地在报国寺前见到有个人在卖石头,走近一看,所要卖的正是自己失窃的那块石头。他立刻向贩卖的人认取,那贩卖的人不服,于是两人捧着石头到衙门去评理。衙门里的官员问:"你们各有什么凭据?"那贩子只能说出石上的孔数。邢云飞问其他的特征,贩子一概茫然不知。邢云飞便说出大孔里的五个字及被捏去的三孔上面的指痕。衙门里的官员仔细察验,果然没错,就将石头断还给邢云飞,并且要处罚那个贩子,贩子说是用二十两银子在街上买来的,这才被释放。

邢云飞再度寻回石头,更加小心安置,他用锦缎包裹着,藏在柜子里,隔一段日子想拿出来看的时候,一定得先烧上一炷香。

有一个在朝廷做尚书的大官知道了这块石头,要用一百两银子购买去。邢云飞说:"即使是给我一万两,我也舍不得卖呀!"那个大官怀恨在心,私下便假借其他的名义来陷害他,把他押进监牢,逼得他的家人只好变卖田产去营救他。尚书派人去告诉他的儿子,只要把石头交出来,就什么事都没有了。他的儿子把这话转告他,他咬牙切齿地发誓道:"我就是宁可死去,也不能失去这块石头。"可是为了救他出来,他的妻子和儿子暗地里商量的结果,还是把石头献给了那个大官。邢云飞出狱以后,知道了事情的真相,气得半死。他痛骂妻子,又狠狠地殴打儿子,并连续自杀了好几次,都幸被家人发觉而救了过来。

某一个夜晚,他梦见一个男人来到自己面前,说:"我就是'石清虚'。请您不要难过,我只和您暂时分别一年多罢了。明年八月二十日,天快亮的时候,您到海岱门去,花两贯钱就可以把我赎回来。"邢云飞得了这个梦,高兴极了,就把日期牢记在心。

说到那块石头,自从到了尚书的家里以后,再也不会冒出云雾了,久而久之,尚书也就不再重视它。到了第二年,尚书因为犯了罪而被削去职务,不久就死了。邢云飞如期到海岱门,果然有尚书家的仆人偷石头出来卖,于是用两贯钱买了回来。

邢云飞一直活到八十九岁,他自己准备好了一切丧葬的用品,又嘱咐儿子一定要用这块石头殉葬。他死了以后,他的儿子遵从父亲的遗命,把石头葬在墓中。

过了大约半年,有贼人盗墓,把石头劫走了,邢云飞的儿子知道了这件事,却寻查不到窃贼。过了几天,和仆人走在路上,忽然见到两个人,跌跌撞撞、汗流满面地朝空中作揖说:"邢先生,请不要再逼迫了,我们两人拿着那块石头,只不过卖了四两银子罢了。"于是邢云飞的儿子就把这两人抓到衙门,一经询问,两人立即俯首认罪。问起石头的下落,原来已经卖给了一个姓宫的人。官吏把石头取回来,在手中把玩,想占为己有,就命令属下放进公库。官吏举起石头,石头忽然掉到地上,摔成几十个碎片,在场的人都大惊失色。邢云飞的儿子将碎片拾起,仍然埋进了墓里。(改写自《石清虚》)

【点评】

邢云飞和石清虚的遇合,给了我们两方面的暗示:第一,在旧社会里,没有权势的百姓想要拥有一样宝物,一定会受到多方面的威胁和阻挠,这就是古人所说的"怀璧其罪"啊!第二,古语说:"士为知己者死。"石清虚宁可堕地自碎,也要和赏识它的主人共始终,谁能说顽石无情呢?

医生和老虎

云南人殷元礼,精通针灸。有一天,为了躲避盗匪,逃到一个深山里。眼看天色渐渐晚了,仍然找不到歇脚的地方,附近虎狼又多,心里很是害怕。

正当他不知如何是好的时候,远远地望见前面路上有两个人,于是他就加快脚步跟了上去。那两个人回头看看元礼,问他是从哪里来的,准备到哪里去。元礼一五一十地说了,并且报上了自己的姓名和籍贯。那两个人一听,赶忙拱手行礼说:"原来是菩萨心肠的殷大夫!久仰!久仰!"那两个人自称姓班,一个叫班爪,一个叫班牙。班氏兄弟向元礼说:"不瞒殷先生说,我们也在一间石室里避难,那儿还勉强可以容身,如果先生不嫌简陋,不妨到那儿暂歇一宿,明儿再走也不迟。而且,我们兄弟还有事相求呢!"元礼非常高兴,马上就答应了。

不久,他们到了那间依山傍谷的小屋。班氏兄弟燃起柴火照明;

医生和老虎

在熊熊的火光下，元礼才看清楚了他们的长相，那一副威猛的模样，给人的感觉不像是善类。可是到了这个节骨眼，元礼也没有别的法子可想，一切只好任由老天去安排了。

这时，元礼隐隐约约地听到榻上有人呻吟，走过去仔细一瞧，原来有个老太婆直挺挺地躺在那儿，好像非常痛苦。元礼关切地问："老太太，可是哪里不舒服吗？"班牙说："我们正想请殷大夫替她老人家看看呢。"于是班牙点起火把放在榻旁，请元礼诊察。只见那老太婆鼻子底下和嘴角地方有两个像碗口一样大的赘瘤。班牙说："这两个东西碰一下都痛得要命，就连吃饭喝水也很碍事。"元礼大概地看了一下，便从药箱子里拿出一团艾草，为老太婆烧灸。大约灸了几十遍，看看差不多了，就跟班氏兄弟说："请你们放心吧！明天早上准会好的。"班氏兄弟听了，高兴得不得了，就烧了鹿肉来招待他。班氏说："我们原不晓得殷先生光临，一时也没法子预备其他的酒菜。怠慢的地方，还请殷先生多多包涵。"

殷元礼吃饱了，就上榻睡觉，枕的是一块冷冰冰的石头。班氏兄弟看起来虽还诚恳朴实，可是却粗暴得可怕。元礼翻来覆去，怎样也不敢睡着。天还未大亮，便叫醒了老太婆，查问她患处的情况。老太婆睡眼惺忪地摸摸长瘤的地方，发现瘤已经没有了，只留下了快要愈合的伤口。元礼催促着班氏兄弟起来，把火把移近一点，给老太婆上了药，然后才拱手告别。班氏兄弟感激之余又送了他一条烤好的鹿腿。

三年后的某一天，殷元礼又因事入山，在一条狭窄的山径上，被两匹狼挡住，没法子前进。这时太阳已经西沉，后面又陆陆续续地来了一群狼，元礼前后受敌，进退两难。狼群拼命地向他扑来，殷元礼寡不敌众，终于倒了下去。于是那些狼争先恐后地咬他，他的衣服都统统被咬碎了。元礼心想：这下子是死定了。正待闭上眼睛，突然，听到一阵咆哮，接着出现了两只老虎。狼群看见老虎来了，便四散逃逸。老虎暴怒，又大吼几声，那些狼的腿一软，统统瘫了下去。老虎一一地把它们弄死，然后便离开了。

殷元礼跌跌撞撞地向前走，很害怕找不到投宿的地方，正好遇到一个老太婆，老太婆看他那副狼狈的样子，便说："殷先生大概吃了苦头吧？"殷元礼把他的遭遇说了一遍，并且请问老太婆，是在什么地方认识他的。老太婆说："先生真是贵人多忘事儿，我就是那个在石室中被你治过瘤的病老太婆呀！"殷元礼这才恍然大悟，便请求借宿，老太婆就把他带回去了。

他们进入一个院子，灯火已经亮起来了。老太婆说："其实老身早就算到先生今天会到山中来，已经在这里恭候多时了。"于是拿出了衣裤，叫元礼把那破衣服给换了。并且准备了好酒，殷勤地招待他。老太婆也用陶碗倒酒来喝，她的酒量很大，谈吐也很豪放，一点都不像妇道人家。喝了一会儿酒，殷元礼问道："从前我曾见过这儿有两位男士，是老太太的什么人？今天怎么没有看到呢？"老太婆说："那是我的两个儿子，我叫他们去迎接先生，还未回来，大概是迷路了。"殷元礼为她的情义所感动，放怀畅饮，竟不知不觉醉了，在座位上大睡起来。一觉醒来，天边已是一片鱼肚白，向四周看看，竟然见不到一栋房舍，只好孤单单地坐在岩石上。这时他听到岩石底下有像牛一样大的喘息声，走近一看，竟然是一只睡得正甜的母老虎。她的嘴角有两个瘢痕，都像拳头一样大。这下子他吓坏了，唯恐被老虎发现，便蹑手蹑脚，偷偷地溜了。他这才恍然大悟，从前所见到的班氏兄弟，也是两只老虎。（改写自《二班》）

【点评】

　　老虎是一种凶猛的动物,可是在这里,作者却把它们写得那样人性化。它们讲孝道,也讲德义,经久而不忘别人的恩惠。如果我们说它们是具有"虎"形的"人",有何不可?相反地,有些人却五伦不修,忘恩负义,我们说他们是具有"人"形的"虎",也是理所当然的了。

附录 原典精选

聊斋·自志

披萝带荔,三闾氏感而为《骚》;牛鬼蛇神,长爪郎吟而成癖。自鸣天籁,不择好音,有由然矣。松,落落秋萤之火,魑魅争光;逐逐野马之尘,魍魉见笑。才非干宝,雅爱搜神;情类黄州,喜人谈鬼。闻则命笔,遂以成编。久之,四方同人,又以邮筒相寄,因而物以好聚,所积益伙。甚者,人非化外,事或奇于断发之乡;睫在眼前,怪有过于飞头之国。遄飞逸兴,狂固难辞;永托旷怀,痴且不讳。展如之人,得毋向我胡卢耶?然五父衢头,或涉滥听;而三生石上,颇悟前因。放纵之言,有未可概以人废者。松悬弧时,先大人梦一病瘠瞿昙,偏袒入室,药膏如钱,圆粘乳际。寤而松生,果符墨志。且也,少羸多病,长命不犹。门庭之凄寂,则冷淡如僧;笔墨之耕耘,则萧条似钵。每搔头自念:勿亦面壁人果是吾前身耶?盖有漏根因,未结人天之果;而随风荡堕,竟成藩溷之花。茫茫六道,何可谓无其理哉!独是子夜荧荧,灯昏欲蕊;萧斋瑟瑟,案冷疑冰。集腋为裘,妄续《幽冥》之录;浮白载笔,仅成孤愤之书:寄托如此,亦足悲矣!嗟乎!惊霜寒雀,抱树无温;吊月秋虫,偎阑自热。知我者,其在青林黑塞间乎!

康熙己未春日。

聊斋志异：瓜棚下的怪谭

画　壁

　　江西孟龙潭，与朱孝廉客都中。偶涉一兰若，殿宇禅舍，俱不甚弘敞，唯一老僧挂褡其中。见客入，肃衣出迓，导与随喜。殿中塑志公像。两壁图绘精妙，人物如生。东壁画散花天女，内一垂髫者，拈花微笑，樱唇欲动，眼波将流。朱注目久，不觉神摇意夺，恍然凝想。身忽飘飘，如驾云雾，已到壁上。见殿阁重重，非复人世。一老僧说法座上，偏袒，绕视者甚众。朱亦杂立其中。少间，似有人暗牵其裾。回顾，则垂髫儿，辗然竟去。履即从之。过曲栏，入一小舍，朱赵趄不敢前。女回首，举手中花，遥遥作招状，乃趋之。舍内寂无人；遽拥之，亦不甚拒，遂与狎好。既而闭户去，嘱勿咳，夜乃复至，如此二日。女伴觉之，共搜得朱，戏谓女曰："腹内小郎已许大，尚发蓬蓬学处子耶？"共捧簪珥，促令上鬟。女含羞不语。一女曰："妹妹姊姊，吾等勿久住，恐人不欢。"群笑而去。

　　朱视女，髻云高簇，鬟凤低垂，比垂髫时尤艳绝也。四顾无人，渐入猥亵，兰麝熏心，乐方未艾。忽闻吉莫靴铿铿甚厉，缧锁锵然。旋有纷嚣腾辨之声。女惊起，与朱窃窥，则见一金甲使者，黑面如漆，绾锁挈槌，众女环绕之。使者曰："全未？"答言："已全。"使者曰："如有藏匿下界人，即共出首，勿贻伊戚。"又同声言："无。"使者反身鹗顾，似将搜匿。女大惧，面如死灰。张皇谓朱曰："可急匿榻下。"乃启壁上小扉，猝遁去。朱伏，不敢少息。俄闻靴声至房内，复出。未几，烦喧渐远，心稍安；然户外辄有往来语论者。朱局蹐既久，觉耳际蝉鸣，目中火出，景状殆不可忍，唯静听以俟女归，竟不复忆身之何自来也。

时孟龙潭在殿中，转瞬不见朱，疑以问僧。僧笑曰："往听说法去矣。"问："何处？"曰："不远。"少时，以指弹壁而呼曰："朱檀越何久游不归？"旋见壁间画有朱像，倾耳伫立，若有听察。僧又呼曰："游侣久待矣。"遂飘忽自壁而下，灰心木立，目瞪足软。孟大骇，从容问之，盖方伏榻下，闻叩声如雷，故出房窥听也。共视拈花人，螺髻翘然，不复垂髻矣。朱惊拜老僧，而问其故。僧笑曰："幻由人生，贫道何能解。"朱气结而不扬，孟心骇叹而无主。即起，历阶而出。

异史氏曰："幻由人生，此言类有道者。人有淫心，是生亵境；人有亵心，是生怖境。菩萨点化愚蒙，千幻并作，皆人心所自动耳。老婆心切，惜不闻其言下大悟。披发入山也。"

翩　翩

罗子浮，邠人。父母俱早逝。八九岁，依叔大业。业为国子左厢，富有金缯而无子，爱子浮若己出。十四岁，为匪人诱去，作狭邪游。会有金陵娼侨寓郡中，生悦而惑之。娼返金陵，生窃从遁去。居娼家半年，床头金尽，大为姊妹行齿冷。然犹未遽绝之。无何，广疮溃臭，沾染床席，遂逐而出。丐于市。市人见辄遥避。自恐死异域，乞食西行；日三四十里，渐至邠界。又念败絮脓秽，无颜入里门，尚越趄近邑间。

日既暮，欲趋山寺宿。遇一女子，容貌若仙。近问："何适？"生以实告。女曰："我出家人，居有山洞，可以下榻，颇不畏虎狼。"生喜，从去。入深山中，见一洞府。入则门横溪水，石梁驾之。又数武，有石室二，光明彻照，无须灯烛。命生解悬鹑，浴于溪流。

曰:"濯之,创当愈。"又开幛拂褥促寝,曰:"请即眠,当为郎作裤。"乃取大叶类芭蕉,剪缀作衣。生卧视之。制无几时,折叠床头,曰:"晓取着之。"乃与对榻寝。生浴后,觉创痒无苦。既醒,摹之,则痂厚结矣。诘旦,将兴,心疑蕉叶不可着。取而审视,则绿锦滑绝。少间,具餐。女取山叶呼作饼,食之,果饼;又剪作鸡、鱼,烹之皆如真者。室隅一罂,贮佳酝,辄复取饮;少减,则以溪水灌益之。数日,创痂尽脱,就女求宿。女曰:"轻薄儿!甫能安身,便生妄想。"生云:"聊以报德。"遂同卧处,大相欢爱。

一日,有少妇笑入,曰:"翩翩小鬼头快活死!薛姑子好梦,几时做得?"女迎笑曰:"花城娘子,贵趾久弗涉,今日西南风紧,吹送来也!小哥子抱得未?"曰:"又一小婢子。"女笑曰:"花娘子瓦窑哉!那弗将来?"曰:"方鸣之,睡却矣。"于是坐以款饮。又顾生曰:"小郎君焚好香也。"生视之,年廿有三四,绰有余妍。心好之。剥果误落案下,俯假拾果,阴捻翘凤;花城他顾而笑,若不知者。生方恍然神夺,顿觉袍裤无温;自顾所服,悉成秋叶。几骇绝。危坐移时,渐变如故。窃幸二女之弗见也。少顷,酬酢间,又以指搔纤掌。城坦然笑谑,殊不觉知。突突怔忡间,衣已化叶,移时始复变。由是惭颜息虑,不敢妄想。城笑曰:"而家小郎子,大不端好!若弗是醋葫芦娘子,恐跳迹入云霄去。"女亦哂曰:"薄幸儿,便直得寒冻杀!"相与鼓掌。花城离席曰:"小婢醒,恐啼肠断矣。"女亦起曰:"贪引他家男儿,不忆得小江城啼绝矣。"花城既去,惧贻诮责;女卒晤对如平时。居无何,秋老风寒,霜零木脱,女乃收落叶,蓄旨御冬。顾生肃缩,乃持襆掇拾洞口白云,为絮复衣;着之,温煗如襦,且轻松常如新绵。

逾年,生一子,极惠美。日在洞中弄儿为乐。然每念故里,乞与同归。女曰:"妾不能从;不然,君自去。"因循二三年,儿渐长,遂与花城订为姻好。生每以叔老为念。女曰:"阿叔腊故大高,幸复强健,无劳悬耿。待保儿婚后,去住由君。"女在洞中,辄取叶写书教儿读,儿过目即了。女曰:"此儿福相,放教入尘寰,无忧至台阁。"未几,儿年十四。花城亲诣送女。女华妆至,容光照人。夫妻大悦,举家燕集。翩翩扣钗而歌曰:"我有佳儿,不羡贵官。我有佳妇,不羡绮纨。今夕聚首,皆当喜欢。为君行酒,劝君加餐。"既而花城去,与儿夫妇对室居。新妇孝,依依膝下,宛如所生。生又言归。女曰:"子有俗骨,终非仙品;儿亦富贵中人,可携去,我不误儿生平。"新妇思别其母,花城已至。儿女恋恋,涕各满眶。两母慰之曰:"暂去,可复来。"翩翩乃剪叶为驴,令三人跨之以归。

大业已老归林下,意侄已死,忽携佳孙美妇归,喜如获宝。入门,各视所衣,悉蕉叶;破之,絮蒸蒸腾去。乃并易之。后生思翩翩,偕儿往探之,则黄叶满径,洞口云迷,零涕而返。

异史氏曰:"翩翩、花城,殆仙者耶?餐叶衣云,何其怪也!然帏幄诽谑,狎寝生雏,亦复何殊于人世?山中十五载,虽无'人民城郭'之异;而云迷洞口,无迹可寻,睹其景况,真刘、阮返棹时矣。"

狐谐

万福,字子祥,博兴人也。幼业儒。家少有而运殊蹇,行年二十有奇,尚不能掇一芹。乡中浇俗,多报富户役,长厚者至碎破其家。万适报充役,惧而逃,如济南,税居逆旅。夜有奔女,颜色颇丽。万悦而私之。请其姓氏。女自言:"实狐,但不为君祟耳。"万喜而不疑。女嘱勿与客共,遂日至,与共卧处。凡日用所需,无不仰给于狐。

居无何,二三相识,辄来造访,恒信宿不去。万厌之而不忍拒,不得已,以实告客。客愿一睹仙容。万白于狐。狐谓客曰:"见我何为哉?我亦犹人耳。"闻其声,呖呖在目前,四顾,即又不见。客有孙得言者,善俳谑,固请见,且谓:"得听娇音,魂魄飞越;何吝容华,徒使人闻声相思?"狐笑曰:"贤哉孙子!欲为高曾母作行乐图耶?"诸客俱笑。狐曰:"我为狐,请与客言狐典,颇愿闻之否?"众唯唯。狐曰:"昔某村旅舍,故多狐,辄出祟行客。客知之,相戒不宿其舍,半年,门户萧索。主人大忧,其讳言狐。忽有一远方客,自言异国人,望门休止。主人大悦。甫邀入门,即有途人阴告曰:'是家有狐。'客惧,白主人欲他徙。主人力白其妄,客乃止。入室方卧,见群鼠出于床下。客大骇,骤奔,急呼:'有狐!'主人惊问。客怨曰:'狐巢于此,何诳我言无?'主人又问:'所见何状?'客曰:'我今所见,细细幺么,不是狐儿,必当是狐孙子!'"言罢,座客为之粲然。孙曰:"既不赐见,我辈留宿,宜勿去,阻其阳台。"狐笑曰:"寄宿无妨;倘小有迕犯,幸勿滞怀。"客恐其恶作剧,乃共散去。然数日必一来,索狐笑骂。狐谐甚,每一语,即颠倒宾客,滑稽者不能屈也。群戏呼为"狐娘子"。

一日,置酒高会,万居主人位,孙与二客分左右座,上设一榻屈狐。狐辞不善酒。咸请坐谈,许之。酒数行,众掷骰为瓜蔓之令。客值瓜色,会当饮,戏以觥移上座曰:"狐娘子大清醒,暂借一觞。"狐笑曰:"我故不饮。愿陈一典,以佐诸公饮。"孙掩耳不乐闻。客皆言曰:"骂人者当罚。"狐笑曰:"我骂狐何如?"众曰:"可。"于是倾耳共听。狐曰:"昔一大臣,出使红毛国,着狐腋冠,见国王。王见而异之,问:'何皮毛,温厚乃尔?'大臣以狐对。王言:'此物生平未曾得闻。狐字字画何等?'使臣书空而奏曰:'右边是一大瓜,左边是一小犬。'"主客又复哄堂。二客,陈氏兄弟,一名所见,一名所闻。见孙大窘,乃曰:"雄狐何在,而纵雌流毒若此?"狐曰:"适一典,谈犹未终,遂为群吠所乱,请终之。国王见使臣乘一骡,甚异之。使臣告曰:'此马之所生。'又大异之。使臣曰:'中国马生骡,骡生驹驹。'王细问其状。使臣曰:'马生骡,是臣所见;骡生驹驹,乃臣所闻。'"举座又大笑。众知不敌,乃相约:后有开谑端者,罚作东道主。顷之,酒酣,孙戏谓万曰:"一联请君属之。"万曰:"何如?"孙曰:"妓者出门访情人,来时'万福',去时'万福'。"合座属思不能对。狐笑曰:"我有之矣。"众共听之。曰:"龙王下诏求直谏,鳖也'得言',龟也'得言'。"四座无不绝倒。孙大恚曰:"适与尔盟,何复犯戒?"狐笑曰:"罪诚在我;但非此,不成确对耳。明且设席,以赎吾过。"相笑而罢。狐之诙谐,不可殚述。

居数月,与万偕归。及博兴界,告万曰:"我此处有葭莩亲,往来久梗,不可不一讯。日且暮,与君同寄宿,待旦而行可也。"万询其处,指言:"不远。"万疑前此故无村落,姑从之。二里许,果见一庄,生平所未历。狐往叩关,一苍头出应门。入则重门叠阁,宛然世家。俄见主人,有翁与媪,揖万而坐。列筵丰盛,待万以姻娅,遂宿焉。狐早谓曰:"我遽偕君归,恐骇闻听。君宜先往,我将继至。"万从其言,先至,预白于家人。未几,狐至。与万言笑,人尽闻之,而不见其人。逾年,万复事于济,狐又与俱。忽有数人来，狐从与语，备极寒暄。乃语万曰："我本陕中人，与君有夙因，遂从尔许时。今我兄弟至矣。将从以归，不能周事。"留之不可，竟去。

续黄粱

　　福建曾孝廉，高捷南宫时，与二三新贵，遨游郊郭。偶闻毗卢禅院，寓一星者，因并骑往诣问卜。入揖而坐。星者见其意气，稍佞谀之。曾摇箑微笑，便问："有蟒玉分否？"星者正容许二十年太平宰相。曾大悦，气益高。

　　值小雨，乃与游侣避雨僧舍。舍中一老僧，深目高鼻，坐蒲团上，偃蹇不为礼。众一举手，登榻自语，群以宰相相贺。曾心气殊高，指同游曰："某为宰相时，推张年丈作南抚，家中表为参、游，我家老苍头亦得小千把，于愿足矣。"一坐大笑。

　　俄闻门外雨益倾注，曾倦伏榻间，忽见有二中使，赍天子手诏，召曾太师决国计。曾得意，疾趋入朝。天子前席，温语良久。命三品以下，听其黜陟；即赐蟒玉名马。曾被服稽拜以出。入家，则非旧所居第，绘栋雕榱，穷极壮丽。自亦不解，何以遽至于此。然捻髯微呼，则应诺雷动。俄而公卿赠海物，伛偻足恭者，叠出其门。六卿来，倒屣而迎；侍郎辈，揖与语；下此者，颔之而已。晋抚馈女乐十人，皆是好女子。其尤者为袅袅，为仙仙，二人尤蒙宠顾。科头休沐，日事声歌。一日，念微时尝得邑绅王子良周济，我今置身青云，渠尚蹉跎仕路，何不一引手？早旦一疏，荐为谏议，即奉谕旨，立行擢用。又念郭太仆曾睚眦我，即传吕给谏及侍御陈昌等，授以意旨；越日，弹章交至，奉旨削职以去。恩怨了了，颇快心意。

偶出郊衢，醉人适触卤簿，即遣人缚付京尹，立毙杖下。接第连阡者，皆畏势献沃产。自此富可埒国。无何而袅袅、仙仙，以次殂谢，朝夕遐想。忽忆曩年见东家女绝美，每思购充媵御，辄以绵薄违宿愿，今日幸可适志。乃使干仆数辈，强纳赀于其家。俄顷，藤舆舁至，则较昔之望见时，尤艳绝也。自顾生平，于愿斯足。

又逾年，朝士窃窃，似有腹非之者。然揣其意，各为立仗马；曾亦高情盛气，不以置怀。有龙图学士包拯上疏，其略曰："窃以曾某，原一饮赌无赖，市井小人。一言之合，荣膺圣眷，父紫儿朱，恩宠为极。不思捐躯摩顶，以报万一；反恣胸臆，擅作威福。可死之罪，擢发难数！朝廷名器，居为奇货，量缺肥瘠，为价重轻。因而公卿将士，尽奔走于门下，估计夤缘，俨如负贩，仰息望尘，不可算数。或有杰士贤臣，不可阿附，轻则置之闲散，重则褫以编氓。甚且一臂不袒，辄迕鹿马之奸；片语方干，远窜豺狼之地。朝士为之寒心，朝廷因而孤立。又且平民膏腴，任肆蚕食；良家女子，强委禽妆。殄气冤氛，暗无天日！奴仆一到，则守、令承颜；书函一投，则司、院枉法。或有厮养之儿，瓜葛之亲，出则乘传，风行雷动。地方之供给稍迟，马上之鞭挞立至。荼毒人民，奴隶官府，扈从所临，野无青草。而某方炎炎赫赫，怙宠无悔。召对方承于阙下，姜非辄进于君前；委蛇才退于自公，声歌已起于后苑。声色狗马，昼夜荒淫；国计民生，罔存念虑。世上宁有此宰相乎！内外骇讹，人情汹汹。若不急加斧锧之诛，势必酿成操、莽之祸。臣夙夜祗惧，不敢宁处，冒死列款，仰达宸听。伏祈断奸佞之头，籍贪冒之产，上回天怒，下快舆情。如果臣言虚谬，刀锯鼎镬，即加臣身"云云。疏上，曾闻之，气魄悚骇，如饮冰水。幸而皇上优容，留中不发。又继而科、道、九卿，交章劾奏；即昔之拜

聊斋志异：瓜棚下的怪谭

门墙、称假父者，亦反颜相向。奉旨籍家，充云南军。子任平阳太守，已差员前往提问。

曾方闻旨惊怛，旋有武士数十人，带剑操戈，直抵内寝，褫其衣冠，与妻并系。俄见数夫运赀于庭，金银钱钞以数百万，珠翠瑙玉数百斛，幄幕帘榻之属，又数千事，以至儿襁女舄，遗坠庭阶。曾一一视之，酸心刺目。又俄而一人掠美妾出，披发娇啼，玉容无主。悲火烧心，含愤不敢言。俄楼阁仓库，并已封志。立叱曾出。监者牵罗曳而出。夫妻吞声就道，求一下驷劣车，少作代步，亦不得。十里外，妻足弱，欲倾跌，曾时以一手相攀引。又十余里，己亦困惫。欻见高山，直插霄汉，自忧不能登越，时挽妻相对泣，而监者狞目来窥，不容稍停驻。又顾斜日已坠，无可投止，不得已，参差蹙躄而行。比至山腰，妻力已尽，泣坐路隅。曾亦憩止，任监者叱骂。

忽闻百声齐噪，有群盗各操利刃，跳梁而前。监者大骇，逸去。曾长跪，言："孤身远谪，橐中无长物。"哀求宥免。群盗裂眦宣言："我辈皆被害冤民，只乞得佞贼头，他无索取。"曾叱怒曰："我虽待罪，乃朝廷命官，贼子何敢尔！"贼亦怒，以巨斧挥曾项。觉头堕地作声。

魂方骇疑，即有二鬼来，反接其手，驱之行。行逾数刻，入一都会。顷之，睹宫殿；殿上一丑形王者，凭几决罪福。曾前，匍伏请命。王者阅卷，才数行，即震怒曰："此欺君误国之罪，宜置油鼎！"万鬼群和，声如雷霆。即有巨鬼捽至墀下。见鼎高七尺已来，四围炽炭，鼎足尽赤。曾觳觫哀啼，窜迹无路。鬼以左手抓发，右手握踝，抛置鼎中。觉块然一身，随油波而上下；皮肉焦灼，痛彻于心；沸油入口，煎烹肺腑。念欲速死，而万计不能得死。约食时，鬼方以巨叉取曾出，复伏堂下。王又检册籍，怒曰："倚势凌人，合受刀山狱！"鬼复捽去。见一山，不甚广阔；而峻削壁立，利刃纵横，乱如密笋。先有数人胃肠刺腹于其上，呼号之声，惨绝心目。鬼促曾上，曾大哭退缩。鬼以毒锥刺脑，曾负痛乞怜。鬼怒，捉曾起，望空力掷。觉身在云霄之上，晕然一落，刃交于胸，痛苦不可言状。又移时，身躯重赘，刀孔渐阔；忽焉脱落，四支蠖屈。鬼又逐以见王。王命会计生平卖爵鬻名，枉法霸产，所得金钱几何。即有髯须人持筹握算，曰："三百二十一万。"王曰："彼即积来，还令饮去！"少间，取金钱堆阶上，如丘陵。渐入铁釜，镕以烈火。鬼使数辈，更以杓灌其口，流颐则皮肤臭裂，入喉则脏腑腾沸。生时患此物之少，是时患此物之多也！半日方尽。

王者令押去甘州为女。行数步，见架上铁梁，围可数尺，绾一火轮，其大不知几百由旬，焰生五彩，光耿云霄。鬼挞使登轮。方合眼跃登，则轮随足转，似觉倾坠，遍体生凉。开眸自顾，身已婴儿，而又女也。视其父母，则悬鹑败絮。土室之中，瓢杖犹存。心知为乞人子。日随乞儿托钵，腹辘辘然常不得一饱。着败衣，风常刺骨。十四岁，鬻与顾秀才备媵妾，衣食粗足自给。而冢室悍甚，日以鞭箠从事，辄以赤铁烙胸乳。幸而良人颇怜爱，稍自宽慰。东邻恶少年，忽踰垣来逼与私。乃自念前身恶孽，已被鬼责，今那得复尔。于是大声疾呼，良人与嫡妇尽起，恶少年始窜去。居无何，秀才宿诸其室，枕上喋喋，方自诉冤苦。忽震厉一声，室门大辟，有两贼持刀入，竟决秀才首，囊括衣物。团伏被底，不敢复作声。既而贼去，仍喊奔嫡室。嫡大惊，相与泣验。遂疑妾以奸夫杀良人，因以状白刺史；刺史严鞫，竟以酷刑定罪案，依律凌迟处死，縶赴刑所。胸中冤气扼塞，距踊声屈，觉九幽十八狱，无此黑黯也。正悲号间，闻游者呼曰："兄梦魇耶？"豁然而寤，见老僧犹跏趺座上。同侣竞相谓曰："日暮腹枵，何久酣睡？"曾乃惨淡而起。僧微笑曰："宰相之占验否？"曾益惊异，拜而请教。僧曰："修德行仁，火坑中有青莲也。山僧何知焉。"曾胜气而来，不觉丧气而返。台阁之想，由此淡焉。入山不知所终。

异史氏曰："福善祸淫，天之常道。闻作宰相而忻然于中者，必非喜其鞠躬尽瘁可知矣。是时方寸中，宫室妻妾，无所不有。然而梦固为妄，想亦非真。彼以虚作，神以幻报。黄粱将熟，此梦在所必有，当以附之邯郸之后。"

寒月芙蕖（济南道人）

济南道人者，不知何许人，亦不详其姓氏。冬夏唯着一单帢衣，系黄绦，别无裤襦。每用半梳梳发，即以齿衔鬓际，如冠状。日赤脚行市上；夜卧街头，离身数尺外，冰雪尽镕。初来，辄对人作幻剧，市人争贻之。有井曲无赖子，遗以酒，求传其术，弗许。

遇道人浴于河津，骤抱其衣以胁之。道人揖曰："请以赐还，当不吝术。"无赖者恐其绐，固不肯释。道人曰："果不相授耶？"曰："然。"道人默不与语；俄见黄绦化为蛇，围可数握，绕其身六七匝，怒目昂首，吐舌相向。某大愕，长跪，色青气促，唯言乞命。道人乃竟取绦。绦竟非蛇；另有一蛇，蜿蜒入城去。由是道人之名益着。缙绅家闻其异，招与游，从此往来乡先生门。司、道俱耳其名，每宴集，辄以道人从。一日，道人请于水面亭报诸宪之饮。至期，各于案头得道人速客函，亦不知所由至。诸客赴宴所，道人伛偻出迎。既入，则空亭寂然，榻几未设，咸疑其妄。道人顾官宰曰："贫道无僮仆，烦借诸扈从，少代奔走。"官宰共诺之。

道人于壁上绘双扉，以手挝之。内有应门者，振管而起。共趋觇望，则见憧憧者往来于中；屏幔床几，亦复都有。即有人传送门外。道人命吏胥辈接列亭中，且嘱勿与内人交语。两相受授，唯顾而笑。顷刻，陈设满亭，穷极奢丽。既而旨酒散馥，热炙腾熏，皆自壁中传递而出。座客无不骇异。亭故背湖水，每六月时，荷花数十顷，一望无际。宴时方凌冬，窗外茫茫，唯有烟绿。一官偶叹曰："此日佳集，可惜无莲花点缀！"众俱唯唯。少顷，一青衣吏奔白："荷叶满塘矣！"一座尽惊。推窗眺瞩，果见弥望青葱，间以菡萏。转瞬间，万枝千朵，一齐都开，朔风吹来，荷香沁脑。群以为异。遣吏人荡舟采莲。遥见吏人入花深处；少间返棹，白手来见。官诘之。吏曰："小人乘舟去，见花在远际；渐至北岸，又转遥遥在南荡中。"道人笑曰："此幻梦之空花耳。"无何，酒阑，荷亦凋谢；北风骤起，摧折荷盖，无复存矣。济东观察公甚悦之，携归署，日与狎玩。一日，公与客饮。公故有家传良酝，每以一斗为率，不肯供浪饮。是日，客饮而甘之，固索倾酿。公坚以既尽为辞。道人笑谓客曰："君必欲满老饕，索之贫道而可。"客请之。道人以壶入袖中，少刻出，遍斟坐上，与公所藏，更无殊别。尽欢始罢。公疑焉，入视酒瓻，则封固宛然，而空无物矣。心窃愧怒，执以为妖，笞之。杖才加，公觉股暴痛；再加，臀肉欲裂。道人虽声嘶阶下，观察已血殷坐上。乃止不笞，遂令去。道人遂离济，不知所往。后有人遇于金陵，衣装如故。问之，笑不语。

聊斋志异：瓜棚下的怪谭

贾奉雉

　　贾奉雉，平凉人。才名冠一时，而试辄不售。一日，途中遇一秀才，自言郎姓，风格洒然，谈言微中。因邀俱归，出课艺就正。郎读罢，不甚称许，曰："足下文，小试取第一则有余，闱场取榜尾则不足。"贾曰："奈何？"郎曰："天下事，仰而跂之则难，俯而就之甚易，此何须鄙人言哉！"遂指一二人、一二篇以为标准，大率贾所鄙弃而不屑道者。闻之笑曰："学者立言，贵乎不朽，即味列八珍，当使天下不以为泰耳。如此猎取功名，虽登台阁，犹为贱也。"郎曰："不然。文章虽美，贱则弗传。君欲抱卷以终也则已；不然，帘内诸官，皆以此等物事进身，恐不能因阅君文，另换一副眼睛肺肠也。"贾终嘿然。郎起而笑曰："少年盛气哉！"遂别而去。是秋入闱复落，邑邑不得志，颇思郎言，遂取前所指示者强读之。未至终篇，昏昏欲睡，心惶惑无以自主。又三年，闱场将近，郎忽至，相见甚欢。因出所拟七题，使贾作之。越日，索文而阅，不以为可，又令复作；作已，又訾之。贾戏于落卷中，集其闒冗泛滥，不可告人之句，连缀成文，俟其来而示之。郎喜曰："得之矣！"因使熟记，坚嘱勿忘。贾笑曰："实相告：此言不由衷，转瞬即去，便受榎楚，不能复忆之也。"郎坐案头，强令自诵一过；因使袒背，以笔写符而去，曰："只此已足，可以束阁群书矣。"验其符，濯之不下，深入肌理。

　　至场中，七题无一遗者。回思诸作，茫不记忆，唯戏缀之文，历历在心。然把笔终以为羞；欲少窜易，而颠倒苦思，竟不能复更一字。日已西坠,直录而出。郎候之已久,问:"何暮也?"贾以实告,即求拭符;视之,已漫灭矣。再忆场中文,遂如隔世。大奇之。因问:"何不自谋?"笑曰:"某惟不作此等想,故能不读此等文也。"遂约明日过诸其寓,贾诺之。郎既去,贾取文稿自阅之,大非本怀,怏怏不自得,不复访郎,嗒丧而归。未几,榜发,竟中经魁。又阅旧稿,一读一汗。读竟,重衣尽湿。自言曰:"此文一出,何以见天下士矣!"方惭怍间,郎忽至曰:"求中既中矣,何其闷也?"曰:"仆适自念,以金盆玉碗贮狗屎,真无颜出见同人。行将遁迹山丘,与世长绝矣。"郎曰:"此亦大高,但恐不能耳。果能之,仆引见一人,长生可得,并千载之名,亦不足恋,况傥来之富贵乎!"贾悦,留与共宿,曰:"容某思之。"天明,谓郎曰:"予志决矣!"不告妻子,飘然遂去。

　　渐入深山,至一洞府,其中别有天地。有叟坐堂上,郎使参之,呼以师。叟曰:"来何早也?"郎曰:"此人道念已坚,望加收齿。"叟曰:"汝既来,须将此身并置度外,始得。"贾唯唯听命。郎送至一院,安其寝处,又投以饵,始去。房亦精洁;但户无扉,窗无棂,内唯一几一榻。贾解履登榻,月明穿射矣。觉微饥,取饵啖之,甘而易饱。窃意郎当复来,坐久寂然,杳无声响。但觉清香满室,脏腑空明,脉络皆可指数。忽闻有声甚厉,似猫抓痒,自牖睨之,则虎蹲檐下。乍见,甚惊;因忆师言,即复收神凝坐。虎似知其有人,寻入近榻,气咻咻,遍嗅足股。少顷,闻庭中嗥动,如鸡受缚,虎即趋出。

　　又坐少时,一美人入,兰麝扑人,悄然登榻,附耳小言曰:"我来矣。"一言之间,口脂散馥。贾瞑然不少动。又低声曰:"睡乎?"

声音颇类其妻,心微动。又念曰:"此皆师相试之幻术也。"瞑如故。美人笑曰:"鼠子动矣!"初,夫妻与婢同室,狎亵唯恐婢闻,私约一谜曰:"鼠子动,则相欢好。"忽闻是语,不觉大动,开目凝视,真其妻也。问:"何能来?"答云:"郎生恐君岑寂思归,遣一妪导我来。"言次,因贾出门不相告语,偎傍之际,颇有怨怼。贾慰藉良久,始得嬉笑为欢。既毕,夜已向晨,闻叟谯诃声,渐近庭院。妻急起,无地自匿,遂越短墙而去。俄顷,郎从叟入。叟对贾杖郎,便令逐客。郎亦引贾自短墙出,曰:"仆望君奢,不免躁进;不图情缘未断,累受扑责。从此暂去,相见行有日也。"指示归途,拱手遂别。

贾俯视故村,故在目中。意妻弱步,必滞途间。

疾趋里余,已至家门,但见房垣零落,旧景全非,村中老幼,竟无一相识者,心始骇异。忽念刘、阮返自天台,情景真似。不敢入门,于对户憩坐。良久,有老翁曳杖出。贾揖之,问:"贾某家何所。"翁指其第曰:"此即是也。得无欲问奇事耶?仆悉知之。相传此公闻捷即遁;遁时,其子才七八岁。后至十四五岁,母忽大睡不醒。子在时,寒暑为之易衣;迨殁,两孙穷蹙,房舍拆毁,惟以木架苫覆蔽之。月前,夫人忽醒,屈指百余年矣。远近闻其异,皆来访视,近日稍稀矣。"贾豁然顿悟,曰:"翁不知贾奉雉即某是也。"翁大骇,走报其家。

时长孙已死;次孙祥,至五十余矣。以贾年少,疑有诈伪。少间,夫人出,始识之。双涕霪霪,呼与俱去。苦无屋宇,暂入孙舍。大小男妇,奔入盈侧,皆其曾、玄,率陋劣少文。长孙妇吴氏,沽酒具藜藿;又使少子杲及妇,与己共室,除舍舍祖翁姑。贾入舍,烟埃儿溺，杂气熏人。居数日，懊惋殊不可耐。两孙家分供餐饮，调饪尤乖。里中以贾新归，日日招饮；而夫人恒不得一饱。吴氏故士人女，颇娴闺训，承顺不衰。祥家给奉渐疏，或呼尔与之。贾怒，携夫人去，设帐东里。每谓夫人曰："吾甚悔此一返，而已无及矣。不得已，复理旧业，若心无愧耻，富贵不难致也。"居年余，吴氏犹时馈饷，而祥父子绝迹矣。是岁，试入邑庠。邑令重其文，厚赠之，由此家稍裕。祥稍稍来近就之。贾唤入，计曩所耗费，出金偿之，斥绝令去。遂买新第，移吴氏共居之。吴二子，长者留守旧业；次呆颇慧，使与门人辈共笔砚。

贾自山中归，心思益明澈。无何，连捷登进士第。又数年，以侍御出巡两浙，声名赫奕，歌舞楼台，一时称盛。贾为人鲠峭，不避权贵，朝中大僚，思中伤之。贾屡疏恬退，未蒙谕旨，未几而祸作矣。先是，祥六子皆无赖，贾虽摒斥不齿，然皆窃余势以作威福，横占田宅，乡人共患之。有某乙娶新妇，祥次子篡取为妾。乙故狙诈，乡人敛金助讼，以此闻于都。于是当道者交章攻贾。贾殊无以自剖，被收经年。祥及次子皆瘐死。贾奉旨充辽阳军。

时呆入泮已久，为人颇仁厚，有贤声。夫人生一子，年十六，遂以嘱呆，夫妻携一仆一媪而去。贾曰："十余年富贵，曾不如一梦之久。今始知荣华之场，皆地狱境界，悔比刘晨、阮肇，多造一重孽案耳。"数日，抵海岸，遥见巨舟来，鼓乐殷作，虞候皆如天神。既近，舟中一人出，笑请侍御过舟少憩。贾见惊喜，踊身而过，押隶不敢禁。夫人急欲相从，而相去已远，遂愤投海中。漂泊数步，见一人垂练于水，引救而去。隶命篙师荡舟，且追且号，但闻鼓声如雷，与轰涛相间，瞬间遂杳。仆识其人，盖郎生也。

异史氏曰:"世传陈大士在闱中,书艺既成,吟诵数四,叹曰:'亦复谁人识得!'遂弃去更作,以故闱墨不及诸稿。贾生羞而遁去,此处有仙骨焉。乃再返人世,遂以口腹自贬,贫贱之中人甚矣哉!"